Der Wahnsinn von Philip und andere Geschichten aus der Kindheit

Josephine Daskam Bacon

Writat

Diese Ausgabe erschien im Jahr 2023

ISBN: 9789358811049

Herausgegeben von
Writat
E-Mail: info@writat.com

Inhalt

DER WAHNSINN VON PHILIP

Seine Mutter, eine Frau mit Scharfsinn, erkannte schon früh, dass etwas nicht stimmte. Noch vor dem Frühstück fand sie Philip dabei, wie er versuchte, seine Schwester in den Polsterbezug zu legen, wobei er ihre lebhaften Anschuldigungen durch eine geschickte Anwendung des Kissens unterdrückte. Nach dem Frühstück war es unmöglich, ihn rechtzeitig fertig zu machen, da seine Gummis von einer rachsüchtigen Schwester versteckt worden waren und der Bus zum Ärger des Fahrers, der die verlorene Zeit durch ein schnelles Tempo aufholte, ganze fünf Minuten warten musste . Das rüttelte die Kinder auf und erschreckte die Jüngsten, so dass sie zusammengestoßen und atemlos im Kindergarten ankamen und nur allzu geneigt waren, bei der ersten Gelegenheit Anstoß zu nehmen. Diese Gelegenheit bot Philip. Als sie aus dem Bus schwärmten , ärgerte er Joseph Zukoffsky durch einen glatten Widerspruch zu seiner erfreuten Aussage, er solle die Schlange ins Haus führen.

„Oh nein, das bist du nicht !" sagte Philip.

Joseph starrte ihn an und wiederholte seine Behauptung. Philip bestritt sie erneut. Er unternahm nichts, um Joseph davon abzuhalten, sich an die Spitze der Schlange zu setzen, aber sein Tonfall war äußerst verärgert, und Joseph setzte sich auf die unterste Stufe des Busses und brach in wütende Tränen aus – er war kein Mensch mit starkem Charakter.

Einige der mitfühlenderen Kinder gesellten sich zu seinen Tränen, und die anderen stritten heftig, wenn auch vage; Es fehlte ihnen eine klare Vorstellung von der Schwierigkeit, aber diese Tatsache hinderte sie nicht daran, eifrige Partei zu ergreifen. Zwei verwirrte Lehrer brachten den Ausbruch zum Schweigen und stellten eine schwankende Reihe auf. Der eine unterstützte Philip unschuldig vor der angewiderten Gruppe, „weil er so ruhig geht", der andere stützte Joseph, dessen Schultern krampfhaft zuckten, als er in unregelmäßiges und erschreckendes Schluchzen ausbrach. Man hatte das Gefühl, dass der Tag ungünstig begonnen hatte.

Sie setzten sich auf den Hallenboden und begannen, ihre Gummis und Schalldämpfer abzuziehen. Als Philipps Blick auf die Höhe seiner Füße fiel, erregte eine unangenehme Vorstellung seine Gedanken, und in einem Moment hatte sie eindeutige Gestalt angenommen: Seine Gummis waren gestohlen und versteckt worden! Seine Unterlippe kroch langsam hervor; ein ausgesprochen gefährlicher Ausdruck wuchs in seinen Augen; er sah sich unheilvoll um. Marantha Judd drehte eine Pirouette durch sein Blickfeld, stolz gekleidet in einer neuen karierten Schürze mit unpraktischen Taschen. Ihre Zöpfe wippten hinter ihr. Sie hatte gerade ihre winzigen Gummis ordentlich parallel platziert und befestigte sie mit einer festen kleinen Wäscheklammer, die zu diesem Zweck bereitgestellt wurde, aneinander.

„ Mit einem Ruck riss er die Wäscheklammer ab. "

Lässig und als sei er sich nicht darüber im Klaren, dass Marantha die verkörperte Neugier war, nahm Philip seine eigene Wäscheklammer und befestigte sie an seiner Nase. Es verlieh ihm ein seltsames und für Marantha vornehmes Aussehen, und sie fragte ihn, ob die Empfindungen, die er empfand, angenehm seien. Seine Antwort drückte eine bedingungslose Zustimmung aus, und Marantha öffnete ihre Wäscheklammer und ließ sie energisch über ihrem eigenen kleinen Gesicht schnappen. Das Ergebnis war eine scharfe und kompromisslose Bewegung, und Marantha riss kreischend die Wäscheklammer mit einem Ruck ab, der den kleinen Richard Willetts gegen seinen Nachbarn taumeln ließ. Aus der Verwirrung – Richard war ein ängstliches Wesen und völlig davon überzeugt, dass der gesamte Kindergarten andauernde Angriffe auf seine kleine Person plante – erhob sich die tadelnde Stimme von Marantha :

„Du bist ein böser, *böser* Junge, Philup , das bist du!"

Die verwirrte Lehrerin achtete kaum auf ihre verworrenen Anschuldigungen.

„Ich verstehe nicht, warum ihr kleinen Kinder so viel an Philip auszusetzen habt", sagte sie vorwurfsvoll. „Was wäre, wenn er sich tatsächlich die Wäscheklammer auf die Nase gesteckt hätte? Es war eine dumme Sache, aber warum sollten Sie das tun? *Du* hast mehr Ärger gemacht als er, Marantha , denn du hast den kleinen Richard erschreckt!"

Maranthas Verzweiflung war schrecklich anzusehen. Sie erkannte, dass ihr Vokabular ihrer Situation völlig unzureichend war: Sie wusste, dass sie nicht in der Lage war, ihren Fall effektiv darzustellen, aber sie hatte das Gefühl, Opfer einer eklatanten Ungerechtigkeit zu sein. Ihr Kinn zitterte, sie sank auf die Treppe und ihre Tränen waren wie die Tränen von Joseph Zukoffsky .

Nun erschien der jüngste Assistent auf der Bühne.

„Miss Hunt möchte wissen, warum Sie so spät dran sind", erkundigte sie sich. „Sie hofft, dass nichts passiert. Frau RBM Smith ist heute hier, um die Grundschulen und Kindergärten zu besuchen, und –"

"Oh, meine Güte!" Der Versuch, Marantha zu trösten, hörte abrupt auf. „Ich kann diese Frau nicht *ertragen ! Sie hat immer den letzten* Artikel von Stanley Hall gelesen , der beweist, dass das, was er zuvor gesagt hat, falsch war! Komm mit, Marantha , und sei kein dummes kleines Mädchen mehr. Wir werden zu spät zur Morgenübung kommen."

Oben bildete sich unter dem kritischen Blick einer kleinen, kräftigen Frau mit zerzaustem, grauem Haar ein großer Kreis. Sie nahmen ihre Plätze ein, Marantha mit rosa Nase und rebellisch, Joseph hatte sich noch nicht von der quälenden Tendenz erholt, in schluchzendes Schluchzen auszubrechen – er war von Natur aus pessimistisch und schätzte seine Beschwerden bis in alle Ewigkeit. Philipps Augen waren auf den Boden gerichtet.

„Was sollen wir jetzt singen?" fragte der Direktor energisch. „Ich denke, wir lassen Joseph die Wahl, denn er sieht an diesem hellen Morgen nicht sehr glücklich aus. Vielleicht können wir ihn aufmuntern."

„ Marantha ... unterstützte Joseph mit aller Kraft ihres Herzens und ihrer Stimme. "

Mit heiserer Stimme schlug Joseph vor: „Mein Herz ist Gottes kleiner Garten." Als Antwort auf Miss Hunts Eröffnungsfrage hatte Eddy Brown „Fröhliche Grüße an den Regen" vorgeschlagen, eine hinreichend rührselige Bitte, da es keinerlei Hinweise auf diese klimatischen Bedingungen gab, weder in der Vergangenheit noch in der Gegenwart oder in der Zukunft. Eddy besaß die nicht ungewöhnliche Kombination eines schwachen Geistes und einer starken Stimme, und obwohl Joseph das Klaviervorspiel ausgewählt hatte, war die Wirkung einer Stimme in seiner Nähe, die den wohlbekannten Ton seiner eigenen Eingebung anstimmte, überwältigend, und Eddy begann zu schreien es lustvoll. Marantha , deren Empfänglichkeit wie bei anderen ihres Geschlechts durch das Leiden deutlich geschärft wurde, wusste genau, wer für den rivalisierenden Chor verantwortlich war, und unterstützte Joseph mit all ihrer Herz- und Stimmkraft. Die fraglichen Melodien waren, wie viele Lieder aus dem Kindergartenrepertoire, einigermaßen ähnlich, und ein paar Sekunden chaotischer Dissonanzen verblüfften Frau RBM Smith und verärgerten die Lehrer.

Sehen Sie nun, an welchen leichten Thread-Ereignissen sich die Ereignisse orientieren! Was sie arglos für ein Missverständnis des ausgewählten Liedes hielt, veranlasste eine der Lehrerinnen, die folgenden Lieder selbst anzusagen. Dies veranlasste Frau RBM Smith zu der Annahme, dass der Lehrer alle Lieder auswählte und den Kindern damit das göttliche, um nicht zu sagen prägende Privileg der individuellen Wahl vorenthielt. Diese Meinung wiederum veranlasste sie, einen der Assistenten zu sich zu rufen und ihr eigenes System zu beschreiben, mit dem sie durch eine unaufhörliche Reihe von Fragen die interessierte Zusammenarbeit der kindlichen Intelligenz weckt und fortsetzt . Um dies zu erreichen, müssten die Themen Gesang und Geschichte einfacher sein , als dies durch die Verwendung komplexer historischer Ereignisse möglich wäre. Sie zeigte ihre Bereitschaft, den Kindern eine Mustergeschichte dieser Art zu erzählen, und machte die Lehrer im Voraus auf die fast unglaubliche Gewissheit aufmerksam, die die Vorfreude der Kinder auf die so klug und psychologisch ausgewählten Ereignisse charakterisieren würde.

Die Sessel, die bald so viel genaue Vorahnung enthalten sollten, waren ordentlich auf beiden Seiten des langen Raumes aufgestellt. Irgendein böswilliger Einfluss veranlasste den amtierenden Lehrer, Philip zu ernennen, die eine Hälfte des Kreises zu den Stühlen zu führen, und Marantha die andere. Mehr als ein Besucher hatte die Einmütigkeit bemerkt, mit der diese Übung durchgeführt wurde . Jedes Kind ergriff seinen kleinen Stuhl an den Armlehnen, hielt ihn vor sich und trug ihn an seinen vorgesehenen Platz im Kreis. Sie hatten dieses Manöver so gut gelernt, dass die Klavierakkorde als Monitore ausreichten, und nachdem die drei Lehrer gesehen hatten, wie die Reihe sicher begann, versammelten sie sich um ihren Besucher, um mehr über die Theorie zu erfahren.

„ Die Wirkung war unbeschreiblich indiskret. ”

Unter welcher Besessenheit Philip arbeitete und mit welcher bösartigen Macht er einen Pakt geschlossen hatte, ist unbekannt. Er hatte nicht den Anschein, im Dunkeln zu planen: Seine Handlungen schienen das Ergebnis einer augenblicklichen Eingebung zu sein. Als er vor seinem Stuhl stand, als wollte er sich setzen, ließ er teilweise nach; Dann ergriff er die Arme und watschelte halb vorgebeugt auf den Kreis zu. Diese natürliche Art der Fortbewegung gefiel ihm im Handumdrehen, und ohne die geringste Störung oder das geringste Zögern ahmten sie ihn genau nach. Die Erfahrung hätte Marantha zeigen sollen, dass es sinnlos ist, seinem Beispiel zu folgen, aber sie war in einem Alter, in dem Erfahrung nur wenig Reiz ausübte; und entschlossen, ihn zu übertreffen, auf die Gefahr hin, bei jedem Schritt auf ihre bereits verletzte Nase zu fallen, beugte sie sich so weit vor, dass die Beine ihres Stuhls fast direkt nach oben zeigten. Ihre Reihe folgte ihr, und watschelnd, schlurfend, wie ein Gnom, machten sie sich auf den Weg zum Kreis. Es hatte die Wirkung einer sorgfältig eingeübten Übung, und für Frau RBM Smith war die Wirkung unbeschreiblich indiskret.

„Ist es möglich, dass Sie …“, fragte sie und zeigte auf die heranrückenden Kinder, von denen viele unter dem plötzlichen Ansturm der entsetzten Lehrer sofort rücklings umfielen.

Miss Hunt errötete wütend.

„Mit der Schule stimmt heute etwas nicht“, sagte sie scharf. „Ich habe noch nie in meinem Leben erlebt, dass sie sich so verhalten! Ich kann nicht sehen, was über sie gekommen ist! Sie tragen ihre Stühle *immer* vor sich her.“

„Das hoffe ich“, antwortete der Besucher gelassen, „nichts könnte für sie schlimmer sein als dieser Winkel.“

„Wenigstens sind sie jetzt in Sicherheit“, flüsterte die jüngste Assistentin ihrer Mitlehrerin zu, während die Kinder höflich und aufmerksam auf ihren Stühlen saßen und ihre Gesichter neugierig der seltsamen Dame mit den faszinierenden Federbüschen in ihrer Haube zuwandten.

„--Es gibt nichts Schöneres als Tiere, um den Beschützerinstinkt hervorzurufen – der Schwächere ist vom Stärkeren abhängig“, schloss sie schnell und ging dann auf die Ziele dieser Theorien ein.

„Jetzt, Kinder, werde ich euch eine schöne Geschichte erzählen – ihr alle magt Geschichten, da bin ich mir sicher."

Genau bei dieser Gelegenheit nieste der kleine Richard Willetts laut und unerwartet vor allen, sich selbst eingeschlossen, mit dem Ergebnis, dass sein ständiger Verdacht sich auf seinen Nachbarn Andrew Halloran als direkten Auslöser der Krämpfe richtete. Andrews gut gemeinte Versuche, das Taschentuch, das mit einer großen schwarzen Sicherheitsnadel sicher daran befestigt war, von Richards Weste zu lösen, bestärkten Richard in seiner Überzeugung, dass es sich um eine absichtliche Körperverletzung handelte, und er wand sich aus dem Kreis und rannte in die Halle – die erste Etappe einer offensichtlichen Heimreise.

Dies unterbrach die Geschichte, und selbst als sie wieder in Gang kam, herrschte eine Atmosphäre der Aufregung, die durch die Geschichte selbst überhaupt nicht erklärt werden konnte.

„„ Kinder, was habe ich gestern gesehen, als ich aus meinem Garten kam?"„

Was glaubst du , was ich gesehen habe, als ich gestern aus meinem Garten kam ?" Die sorgfältig verheimlichte Überraschung war so offensichtlich, dass Marantha die Gelegenheit nutzte und vorschlug:

„Ein El'phunt !"

"Warum nicht! Warum sollte ich einen Elefanten in meinem Garten sehen? Es war *bei* weitem nicht so groß – es war ein *kleines* Ding!"

"Ein Fisch!" wagte Eddy Brown, dessen Blick auf das Aquarium in der Ecke fiel. Die *Erzählerin* lächelte geduldig.

"Warum nicht! Wie könnte ein Fisch, ein lebender Fisch, in meinen Vorgarten gelangen?"

„Ein toter Fisch?" beharrte Eddy, von dem man nie wusste, dass er freiwillig eine Idee aufgab.

„Es war ein kleines Kätzchen ", sagte der Geschichtenerzähler entschieden. „Ein kleines weißes Kätzchen. Sie stand direkt neben einer großen Wasserpfütze. Und was glaubst du, was ich sonst noch gesehen habe?"

„Noch ein Kätzchen?" schlug Marantha konservativ vor.

„Nein, ein großer Neufundländer. Er sah das kleine Kätzchen am Wasser. Katzen mögen das Wasser doch nicht, oder? Sie mögen keinen nassen Ort. Was mögen sie?"

"Mäuse!" sagte Joseph Zukoffsky plötzlich.

„Nun ja, das tun sie; aber es gab keine Mäuse in meinem Garten. Ich bin sicher, Sie wissen, was ich meine. Wenn sie kein *Wasser mögen* , was mögen sie dann?"

"Milch!" rief Sarah Fuller selbstbewusst.

„Sie mögen einen trockenen Ort", sagte Frau RBM Smith.

„Was glauben Sie, was der Hund getan hat?" Möglicherweise hatten aufeinanderfolgende Misserfolge die Zuhörer entmutigt; Es kann sein, dass gerade die Vielfalt, die dem Hund und ihm zur Auswahl angeboten wurde, ihre Fantasie verblüffte. Jedenfalls gaben sie keine Antwort.

„Niemand weiß, was der Hund getan hat?" wiederholte der Geschichtenerzähler aufmunternd. „Was würdest du tun, wenn du so ein kleines weißes Kätzchen sehen würdest?"

Wieder Stille. Dann bemerkte Philip düster:

„Ich würde es am Schwanz ziehen.“

Selbst dies wäre vielleicht übergangen worden, wenn nicht die jüngste Assistentin, die ihren Sinn für Humor noch nicht verloren hatte, krampfhaft kicherte. Obwohl dies für den Besucher unbemerkt blieb, wurde dies von der Hälfte der Kinder deutlich bemerkt, mit dem Ergebnis, dass Frau RBM Smith, als sie sich erbärmlich erkundigte,

„Und was denkt der Rest von euch? Ich hoffe, *du* bist nicht so grausam wie dieser kleine Junge!“ Der eifersüchtige Wunsch, Philipps Erfolg zu teilen, löste die schnelle Antwort aus:

„ *Ich würde* es auch ziehen!“

Miss Hunt hatte keine Ahnung von der Geschichte, die irgendwie zu Ende ging, da der Hund wenig getan hatte und das Kätzchen, wenn überhaupt, noch weniger. Sie war in eine klägliche Frage versunken: Was war mit ihnen los? Ach! Sie konnte nicht wissen, dass die Wurzel allen Übels in der Brust Philipps, des Dämonengeplagten, lag. Seine kleinste Anstrengung war mit einem Erfolg gesegnet, der seine Hoffnungen übertraf. Er brauchte nur den Finger zu heben, und seine Kameraden versammelten sich unbewusst zu seiner Unterstützung. Er brauchte auch kein Nachdenken; In diesem Augenblick ergriff ihn eine teuflische Inspiration, und seine Vorstellung verwirklichte sich, fast bevor er sie selbst begriffen hatte. Die Kinder des Lichts wurden dazu gebracht, ihm zu dienen, wie im Fall seiner nächsten Errungenschaft.

Mit einem Gefühl absoluter Sicherheit forderte der Lehrer Eddy Brown auf, den Wartekreis bei einem Spiel zu leiten. Eddy war einer der Helfer des Kindergartens. Dafür war er ein wenig zu alt, aber da er nicht in der Lage war, befördert zu werden, weil er die Grundlagen der Hauptarbeit nicht begreifen konnte, schmückte er sich weiterhin mit seinem jetzigen Wirkungsbereich. Es scheint fast so, als hätte Fröbel bei der Ausarbeitung seiner Erziehungspläne Eddy Brown im Sinn, denn seine Entwicklung verlief, gemessen an Kindergartenstandards, so absolut normal, dass sie ans Außergewöhnliche grenzte. Er war nie *gelangweilt* , nie verärgert, nie ungehorsam. Er hätte nie damit gerechnet; er hat nie gesehen, was du meintest, bevor du es gesagt hast; Er brachte das System nie durch die Erfindung von irgendetwas durcheinander – das Laster der allzu Aktiven. Er war immer wieder überrascht von den Höhepunkten der Geschichten und interessierte sich leidenschaftlich für die Spiele; und Tonkugeln und geflochtenes Stroh repräsentierten seine wildesten Ausschweifungen. Er saß auf seinem Stuhl, bis ihm gesagt wurde, er solle aufstehen, und blieb stehen, bis er aufgefordert wurde, seinen Platz einzunehmen. Seine Stimme war, wenn auch etwas aus der Tonart, im Gesang immer prominent; seine Füße waren, wenn auch nicht immer rechtzeitig, immer zu sehen, wenn es ums Marschieren ging.

Heute nahm er die Mitte des Rings ein und strahlte sie alle fröhlich an, während sie sich hin und her wiegten und ihm sangen:

Nun, Eddie , *wenn du es uns* beibringen würdest

Ein neues *Spiel zum* Spielen,

Wir werden Sie beobachten *und es* versuchen

Tun Sie , was Sie sagen!

Es lag eine leichte poetische Übertreibung in der Vorstellung, dass Eddy Brown irgendjemandem etwas Neues beibringen könnte, aber das spürte niemand außer dem jüngsten Assistenten, der, als er sich bei solchen Gelegenheiten an sein reguläres Programm erinnerte, etwas sardonisch lächelte .

„' *Wir stolpern leicht, während wir gehen.* '"

Wie sie erwartet hatte, neigte Eddy dazu, „Leichtes Stolpern während wir gehen" zu spielen. Seine Vorstellung von dem im Lied angedeuteten Vorgang war ein mühsames Auf- und Abspringen auf einer Zehe. Diese Übung würde er bis zum Anbruch des Untergangs fortsetzen, wenn er nicht davon abgelenkt würde. Als er zum Anhalten aufgefordert wurde, gab er Joseph Zukoffsky ein Zeichen , seinen Platz einzunehmen. Als Joseph melodisch gebeten wurde, etwas Neues in Form eines Spiels zu produzieren, erklärte er: „Hast du jemals einen Jungen gesehen ?" und der Ring begann munter:

Hast du jemals *einen gesehen?* Junge , *a* Junge , *a* Junge ;

Hast du jemals *einen gesehen?* Junge , *mach* das so *oder* so?

Nach einigen Sekunden des Nachdenkens hob Joseph feierlich seinen linken Absatz vom Boden und setzte ihn wieder auf. Diese fesselnde Abwechslung beschäftigte den Ring einen Moment lang, und dann wurde Marantha gerufen. Obwohl Marantha rundlich wie ein Rebhuhn ist, wurde sie für das Ballett geboren.

„Hast du *jemals* ein *Mädchen gesehen* , ein *Mädchen* , ein *Mädchen* ?", sangen die Kinder, während Marantha ihren kleinen Spann wölbte und ihre Zehe köstlich zur Seite zeigte, fast so hoch wie ihre Taille, mit einer guten rhythmischen Präzision sehen.

„ Marantha wurde für das Ballett geboren ."

Ihre Augen suchten Philipps und mit einem schüchternen kleinen Lächeln nahm sie seine Hand, um ihn in die Mitte zu führen . Zu viele Dichter und Romanautoren haben die unvermeidliche Sehnsucht der Frau, denjenigen zu verführen, der ihre Reize verachtet, die erbärmliche Leidenschaft, dort anzuziehen, wo sie brutal zurückgewiesen wurde, analysiert, um es für mich nötig zu machen, über ihre versuchten Zärtlichkeiten zu sprechen, während Philip mürrisch ihre Hand wegwarf .

In diesem Moment wollte jemand etwas trinken; und als eine Lehrerin das durstige Kind wegführte und die andere den Kopf drehte, um die

Aufmerksamkeit des Pianisten zu erregen und eine neue Melodie vorzuschlagen, hob Philip, der bis zum letzten Moment noch nicht begonnen hatte, sein Modell zu setzen, plötzlich seinen Daumen an seine Nase . seine Finger in einem strengen Takt zusammenziehen und ausdehnen.

Ihr schneller Blick hatte der Lehrerin einen Kreis von Kindern gezeigt, die offenbar mit der Nase tippten, und nur ein entsetztes Schnauben von Frau RBM Smith und ein gemurmeltes „ *Himmel!* " " " von der zurückkehrenden Assistentin machte sie auf den Kreis der Kinder aufmerksam, die ernst eine Haltung annahmen, die weder bei Fröbel noch in irgendeinem System, weder im sozialen noch im delsartäischen System , vorgeschrieben ist .

Philip, der nun völlig dem Geist erfolgreicher Teufelei überlassen war, der ihn unkontrollierbar berauschte, tanzte auf und ab und lud einen, zwei und drei aus dem demoralisierten Ring ein, seine Orgie zu teilen. Sie tänzelten wild umher, riefen Liedfetzen und stießen sich gegenseitig an, taub für die schockierten Proteste der Lehrer, während in ihrer Mitte errötet und schreiend Philip und Marantha , Satyr und Bacchantin, hoch in die Luft sprangen.

„ Sprang hoch in die Luft. "

In der Tür erschien plötzlich eine Frau in einer karierten Schürze und mit einem Schal über dem Kopf. Als die Lehrer die Rädelsführer auseinanderzogen und der Pianist unter schockiertem, protestierendem Murmeln Träumerei mit gedrücktem Leisepedal spielte, wiegte sich ein Kreis erröteter und klopfender „Vögelchen" mit gelegentlichem Kichern und Zwitschern der Erinnerungen in den Schlaf , die Frau in der Tür ging auf einen kleinen Vogel zu, dessen Hauptinteresse, während er sein kariertes Gefieder sträubte, darin zu bestehen schien, einem offensichtlich mütterlichen Ruf auszuweichen.

„ Philup , du böser Junge, wo ist das Schnitzmesser ?" sagte sie wütend. Das war zu viel für die jüngste Assistentin, die in eine Art Hysterie verfiel, während die Rektorin versuchte, die unvermeidlichen negativen Auswirkungen von Stößen und Ohrfeigen auf die empfindliche Organisation des Kindes zu erklären.

„Und es bittet um Verzeihung , Fräulein, aber es ist ein wilder Kobold Satans, der eines Tages so sein wird, und ich sehe es heute in seinen Augen ! " Ein Kobold von Satan!"

Der Direktor lächelte abfällig. „Es gefällt uns nicht, wenn ein Kind so genannt wird", sagte sie sanft. „Philip war heute Morgen nicht so gut wie sonst —"

„ Philup , du böser Junge, wo ist das Tranchiermesser ?""

„Das darf man sagen!" unterbrach Philipps Eltern. „Und obwohl es so ist, sind kleine, sanfte Worte ausreichend, Miss. Das hat er von seinem Vater. Und ich bin nicht in der Lage, den Mate für das Abendessen seines Vaters zu schneiden! Er ist ein schlauer Junge! Das ist eine ordentliche Tracht Prügel , die er braucht, Miss – und die wird er auch bekommen!"

„Bring sie mit in die Halle. Sag ihr, sie soll ihn nicht verprügeln. Sag ihr, wir werden ihn bestrafen. Wir verstehen es, ihm Leid zuzufügen", murmelte die Schulleiterin der jüngsten Assistentin zu, als sie sich umdrehte, um den Kreis zu beruhigen.

Der jüngste Assistent führte Philipps Mutter und schleppte Philipp in die Halle.

„Jetzt, Philip, sag deiner Mutter, wo du das Tranchiermesser versteckt hast", sagte sie einladend. Philip machte sich auf den Weg zur Außentür. Er wurde erwischt und zur Rede gestellt. Im Übrigen wurde seine Frechheit bei der Führung des Spiels erwähnt. Seine Mutter biss die Zähne zusammen und lockerte ihren Schal.

„Und das hast du getan, du böser Junge? Was habe ich gesagt, als ich dich das letzte Mal dabei sah? Dreckiger Schwanz ! Sie kommen zu mir, Sir!"

Philip trat heftig und zwickte den jüngsten Assistenten. Ihre Lippen nahmen den festen Ausdruck der anderen Frau an. Das Licht von Generationen philisterhafter Mütter entzündete sich in ihren Augen. Während Philip sich lautlos, aber wild abmühte, erklang die hohe und klangvolle Stimme von Mrs. RBM Smith durch das Heck.

„Und deshalb schlagen wir niemals ein kleines Kind, Joseph, und du darfst niemals darüber reden. Seine Mutter und Miss Ethel werden mit dem kleinen Philip *reden* und versuchen, ihm klarzumachen –"

Philip duckte sich unter dem Arm seiner Mutter hindurch und hätte beinahe die Tür erreicht. Der jüngste Assistent packte ihn an der Schürzenschnur und schleppte ihn zurück. Seine Mutter sah sich hastig um, bemerkte eine kleine Tür, die halb offen stand, und fing den Blick der jüngsten Assistentin auf.

"Keller?" sie erkundigte sich.

Der jüngste Assistent nickte, und als seine Mutter Philip hochhob und auf die kleine Tür zuging, wurde diese von der einzigen anderen Person im Flur für sie geöffnet und hinter ihr geschlossen.

Seine Mutter trug Philip zum Kohlenhaufen, und darauf setzte sie sich und verprügelte ihren Sohn – systematisch und nach einer alten Methode, an der die Zivilisation kaum oder gar keine Verbesserungen vornehmen konnte. Sie hatte dieses hervorragende Werk „Child Culture" noch nie gelesen

Wie sollen wir unsere Mütter ausbilden ?“ (RBM Smith).

Bald führte sie ihn, gedämpft und reuig, nachdem der Dämon vertrieben worden war, zum Direktor.

„ Habe ihn systematisch verprügelt. "

„Er wird Ihnen keine Sorgen mehr machen, Fräulein, und das Tranchiermesser liegt unter der Polsterung seines Bettes – was für ein Schlimmes er ist!"

„Jetzt, da es Philip wieder gut geht – und Sie sehen, wie ruhig er draußen im Flur war; Ich habe dir gesagt, dass er sehr intensiv darüber nachgedacht hat – wir werden alle ein Lied singen, um zu zeigen, wie froh wir sind, und er wird es auswählen. Was würde Philip gerne singen?"

Philip murmelte heiser, dass sein Herz Gottes kleiner Garten sei, und dass die Freude über ihn größer sei als über die zwei Dutzend, die keiner Reue bedurften.

Aber die jüngste Assistentin wich dem Blick von Frau RBM Smith aus, denn *sie* hatte die Kellertür geöffnet!

" Murmelte heiser, dass sein Herz Gottes kleiner Garten sei. "

Eine Studie über Piraterie

Es wäre Ihnen vielleicht nicht in den Sinn gekommen, dass der Chefkapitän schrecklich anzusehen wäre, wenn Sie ihn zuerst ohne seine Uniform gesehen hätten. Die Wirkung eines breiten umgeschlagenen Gingham-Kragens, eines blauen Halsbandes und eines breiten Strohhuts scheint im Grunde etwas Friedliches zu sein; und man könnte es Ihnen verzeihen, wenn Sie ihn für einen eher milden Menschen halten. Hätten Sie ihn aber in einer schwarzen Batistmaske mit rosafarbenen Rändern, einer breiten, eng um die Taille geschlungenen Schärpe aus Truthahnrot und einem über den Ohren hochgeschlagenen breiten Kragen treffen können – die Krawatte fiel dadurch auf, dass sie fehlte –, hätten Sie vielleicht eine andere *Melodie* gesungen . Sein Aussehen war in dieser Zeit geradezu bedrohlich.

Der Leutnant war deutlich weniger beeindruckend. Seine Schärpe war zwar nicht so lang wie die des Oberkapitäns, löste sich aber ständig und schleifte hinter ihm her, und da er sich oft schnell zurückzog, stolperte er zweimal von drei Malen und fiel darüber. Das gab ihm ein heruntergekommenes und geistloses Aussehen. Außerdem durfte er seinen Kragen außer samstags nicht hochschlagen, und der Kragen, den seine Schwester ihm aus Geschenkpapier gemacht hatte, hatte eine exotische, um nicht zu sagen amateurhafte Theaterwirkung, die alles andere als überzeugend war. Auch die Augenlöcher in seiner Maske waren viel zu groß und zeigten tatsächlich den größten Teil beider Wangen, die jeweils mit einem tiefen Grübchen versehen waren. Tagsüber gesehen war er – um es vertraulich zu sagen – nicht besonders beeindruckend.

Was die Pfarrerin betrifft – nun ja, es gab Hindernisse, die sie daran hinderten, so aufzutreten, wie sie es sich gewünscht hätte. Erstens gab es nicht genug Truthahnrot, um gleichmäßig rundherum zu gehen, und zu ihrem Ekel musste sie sich mit einem knappen dreiviertel Meter zufrieden geben – noch dazu mit keinem breiten Streifen. Was aus Höflichkeit die Taille des Vikars genannt wurde, hatte einen Umfang von nicht einmal einem Dreiviertel-Yard, was sie dazu zwang, ihre Schärpe fest zu spannen, um auch nur einen kleinen festen Knoten machen zu können, ganz zu schweigen von Schleifen und Enden . Sie hatte keinerlei Kragen – ihre Kleider waren am Hals zu Bändern gerafft – und es war ihr nicht gestattet, die des Leutnants nachzuahmen; der, obwohl er im Allgemeinen eine Art Zugeständnis darstellte, sich sehr stark für dieses äußere und sichtbare Zeichen einer mutmaßlichen inneren und geistigen Überlegenheit einsetzte. Deshalb hatte sich die Pfarrerin in einem wilden Versuch der Männlichkeit privat einen hohen Leinenkragen von ihrem Onkel geliehen. Die Hemden in der Schublade ihres Onkels trugen die Aufschrift „ *Tragen Sie zu diesem Hemd einen siebzehneinhalb Kragen* “, sodass Sie nicht überrascht sein werden, wenn Sie erfahren, dass der Pfarrer gelegentlich sozusagen in den Kragen fiel und ihn fand sie selbst war am wirkungsvollsten mundtot gemacht.

Der Pfarrer.

Aber das Schlimmste war ihre Maske. Ihr Haar fiel in einem kräftigen Pony fast bis zu ihren geraden braunen Augenbrauen herab; ihre runden, braunen Augen waren etwas kurzsichtig; Ihre Augenlöcher waren zu klein. Aufgrund dieser Tatsachen war sie, wann immer es wünschenswert oder notwendig war, einen Zentimeter vor ihre Nase zu sehen, gezwungen, die Maske über ihren Pony zu schieben, wenn sie gerade nach oben schwenkte und wie die Mitra eines Hohepriesters aussah .

Ihr Titel gebührte ihrem Onkel, der, um ihm gerecht zu werden, an seinem Einfluss in der Angelegenheit ebenso unschuldig war wie am Verlust seines Kragens.

„Wenn eine Person nicht der Anführer der Piraten ist, sondern dennoch Offizier und ein Mitspracherecht hat, wie nennt man das?" fragte sie ihn eines Tages unvermittelt. Er las gerade und es war nicht ungewöhnlich, dass sie „das Oberhaupt der Gemeinde" sagte.

„Ja, das nennt man Pfarrer, ich nehme an, Sie meinen", antwortete er.

„Ein Vicker ! Hat er etwas zu sagen?"

„Manche *sagen* ?"

„Ja" – ungeduldig – sagen manche. Er muss nicht ständig das tun, was die anderen ihm sagen , oder?"

„Oh mein Gott, nein. Kennen Sie Mr. Wright unten in der Kapelle nicht? Er wird Pfarrer genannt. Er schafft es wirklich, denke ich. Natürlich ist es nicht so, als wäre man Rektor –"

"Kapelle? Ist das die einzige Art von Vicker , wie Mr. Wright?"

„Natürlich nicht, Dummerchen! Es gibt viele verschiedene Arten."

"Oh!" und sie zog sich zurück und übte das Wort. Die anderen waren sehr beeindruckt von ihrer Cleverness bei der Entdeckung eines so faszinierenden Titels. Zunächst roch es nach *Bösem* und *Bösewicht ;* Sie nutzte ihre bisherige Unwissenheit darüber aus und erfand mehrere Privilegien und Vergünstigungen des Amtes, deren Verweigerung einen Mangel an Informationen zu diesem Thema darstellen würde, etwas, das sie, wie sie wusste, niemals besitzen würden .

Eines davon war das Recht, die Truppe, wenn der Oberkapitän eine Expedition beschlossen hatte, zu jedem Treffpunkt zu rufen, den sie für richtig hielt; Und obwohl ihre Vorgesetzten sie in vielerlei Hinsicht als lästig empfanden und insbesondere der Leutnant auf nörgelnde, nutzlose Art und Weise gegen die meisten ihrer Vorschläge protestierte, mussten sie zugeben, dass ihre Auswahl geheimnisvoller, unerwarteter Rendezvous oft brillant *originell* war .

Bei einer besonderen Gelegenheit, einem warmen Nachmittag Ende Juni, als die Häuser und Höfe ganz still waren und sogar die Hunde still im Schatten lagen, führte der Pfarrer sie sanft zum Hühnerhof und kroch durch einen zerbrochenen Glasrahmen, um sie vor Rätsel zu stellen in den überdachten Schlafplatz, kauerte unter den Sitzstangen und ging durch die legitime Tür wieder hinaus, ohne anzuhalten, um zu sprechen. Dies brachte den Leutnant wirksam zum Schweigen – der Hühnerstall schien ihm eine alte List zu sein, und er schnüffelte, um sich auf die Äußerung seiner Meinung vorzubereiten. Sie gingen feierlich über den Hof und zweimal um einen riesigen Schweinskopf herum. Ein solches Vorspiel musste ein großartiges *Finale*

bedeuten , und der Oberkapitän war ausgesprochen neugierig. Die Pfarrerin hielt inne, machte einen kurzen Umweg, um zwei leere Kisten zu holen, stapelte sie übereinander und schwang sich leicht in das Fass. Ein lauter Knall verkündete ihre sichere Ankunft unten, und der Oberkapitän folgte ihr, errötet vor Freude über die unvergleichliche Geheimhaltung der Sache. Der Leutnant, der wie immer murrte und sich beinahe an seiner Schärpe erhängte, die an der Kante hängen blieb, stolperte hinterher, und als sie dicht beieinander in dem großen Fass standen, grinsten sie einander bewusst an.

Der Oberkapitän brach das Schweigen.

„Sind wir alle hier?" verlangte er, seine Stimme weckte seltsame und hohle Echos.

"Ja!" antwortete der Pfarrer erfreut und voller Stolz.

"Aye Aye!" sagte der Leutnant mit sorgfältiger Förmlichkeit.

„Dann hör hier zu!" Der Oberkapitän sprach mit heiserem Flüstern. „Das wird ein anderer Weg sein. Das wird die Realität sein. Heute *werden wir stehlen* !"

Der Pfarrer schnappte nach Luft. „Wirklich stehlen?" Sie flüsterte.

„Was stehlen?" sagte der Leutnant mit unverbindlicher Schroffheit.

„Das weiß ich erst, wenn ich dort bin", antwortete der Oberkapitän großartig. „Gold, nehme ich an, oder Schätze oder so etwas in der Art. Natürlich, wenn wir erwischt werden –"

Der Leutnant holte mit einem seltsamen Pfeifgeräusch die Luft ein – eine seiner beneidenswertesten Leistungen – und fuhr mit dem Fingernagel mit einem kratzenden Geräusch über die Seite des Laufs.

„Jim Elder hat ein paar Äpfel aus der Scheune meines Vaters gestohlen, und mein Vater hat ihn gut abgeleckt", schlug er vor.

"Äpfel! Äpfel!" Der Oberkapitän runzelte furchtbar die Stirn und fügte mit beißender Ironie hinzu: „Ich vermute, dass Jim Elder ein Pirat ist!" Ich nehme an, er trägt eine Uniform! Ich nehme an , er kennt die Art und Weise, wie diese Bande es weiß! Ich nehme an , er trifft sich in so einem Fass! Hä?"

Es kam keine Antwort und der Oberkapitän richtete seine Maske fester auf. "Aufleuchten!" er sagte.

Sie blickten auf die scharfe Kante des Schweinskopfes; es war weit weg. Sie blickten den Pfarrer fragend an; sie senkte den Blick. Oh, Frau, in deinen entspannten Stunden kannst du dir schöne geheime Orte ausdenken, du kannst uns dorthin führen, aber kannst du uns zurück in die Außenwelt und in die Realität bringen, aus der du uns verführt hast? Es entstand eine peinliche Pause. Die Sekunden schienen Stunden zu sein. Würden sie in diesem alten, stinkenden Fass sterben?

Der Oberkapitän lächelte vor sich hin.

„Ich schätze, ihr Kinder würdet hier nie rauskommen, wenn ich euch nicht gezeigt hätte, wie es geht!" bemerkte er fröhlich.

"Nach vorne! Marsch!" Er tat den einen Schritt, der möglich war, und runzelte die Stirn, weil sie ihm nicht folgten.

„Siehst du das nicht?" sagte er gereizt. „Wenn ich ‚drei' sage, falle ich um. Jetzt eins – zwei – *drei* !"

Er stieß den Leutnant und den Pfarrer gegen die Seite des Fasses und stürzte sich gegen sie. Das Fass schwankte, schwankte und fiel mit einem Knall auf die Seite, die untergeordneten Offiziere rüttelten und keuchten, unglückliche Kissen für ihren Oberkapitän , der über sie kroch, seinen Kragen zurechtrückte und über den Hühnerhof davonschritt. Am Tor holten sie ihn ein.

„„ Jetzt eins – zwei – drei! "“

"Leutnant!"

"Jawohl, mein Herr."

„Gehen Sie geradeaus und achten Sie auf uns. Wenn die Luft klar ist, pfeifen Sie dreimal. Hüten Sie sich vor – vor allem, was Sie sehen!"

„ Eine besondere Vorsicht liegt in der Haltung seiner Schultern. "

"Jawohl, mein Herr."

Der Leutnant schlich davon, die Haltung seiner Schultern und seine langen, geräuschlosen Schritte zeugten von besonderer Vorsicht. Er umrundete die Scheune und verschwand. Es gab einen Moment der Spannung. Plötzlich tauchte er wieder auf, die Hand warnend erhoben.

„ Sst , sst ! ", zischte er.

Prompt sprangen sie hinter die Holzhaustür. Einen Augenblick später waren die Schritte eines Mannes zu hören; Jemand schaukelte an der Scheune und pfiff dabei. Im Vorbeigehen rief er dem Koch zu: „Ziemlich heiß, nicht wahr? Hey! Ich sage, es ist ziemlich heiß!"

Er war gegangen. Er hatte absolut keine Ahnung von ihrer Anwesenheit. Der erste köstliche Nervenkitzel hatte begonnen. Der Leutnant hätte sich von seinem Posten hinter dem Scheunentor hinausbeugen und ihn berühren können, aber er hatte keine Ahnung. Von diesem Moment an veränderte sich die Landschaft. Der Hof war ein verzauberter Boden, die Gebäude seltsam und zweifelhaft, die Strecken zwischen Zufluchtsort und Zufluchtsort voller Gefahren.

Plötzlich durchbrachen drei leise Pfiffe die Stille. Sie glitten um die Scheune herum und erklommen den ersten Zaun. Der Oberhauptmann blieb stehen, um zu warnen, der Leutnant wurde in seiner Schärpe hoffnungslos kompliziert, also kam der Pfarrer zuerst vorbei. Sie war zwar rundlich, aber leichtfüßig, und es war bekannt, dass sie in ihrer nervösen Eile die anderen umwarf; Sie warf sich völlig rücksichtslos auf einen festen Bretterzaun , schlug mit der Oberseite flach auf den Bauch und rutschte auf der anderen Seite ab. Ihre Methode, so völlig lächerlich und unwissenschaftlich sie auch war, war ausnahmslos erfolgreich, und sie wartete normalerweise ein paar Sekunden darauf, nachdem sie sich wieder aufraffte. Wenn man auf die bewährteste Art und Weise klettert und dabei so wenige Einzelbewegungen wie möglich ausführt und es jedem sagen lässt, ist das Ergebnis solch schlüpfriger, keuchender Klettereien wie die des Pfarrers besonders irritierend. Der Erfolg des Amateurs ist niemals zu verzeihen.

„ Sie warf sich völlig rücksichtslos über einen massiven Bretterzaun. ”

„Wohin, Hauptkapitän?“

Ein staubiger Zeigefinger deutete auf die benachbarte Scheune.

„Geheimer Weg oder Tür?“

„Geheimer Weg.“

Sie warfen flüchtige Blicke um sich: Niemand war zu sehen. An der Ecke der Scheune verrichtete der Leutnant erneut seinen Spähdienst, und seine drei Pfiffe brachten sie zu einem Hintereingang, der für den zufälligen Erkunder der Stallhöfe kaum wahrnehmbar war – einer niedrigen Tür zu einem stillgelegten Kuhstall.

Leise schlichen sie hinein, spähten leise in die Scheune. Es lag ruhig und leer da, es roch nach Leder, Heu und Pferden, überall waren Fässer voller Getreide, vereinzelte Geschirrteile und Dosen mit Wagenfett, Strohbüschel und zerbrochene Werkzeuge auf dem Boden verstreut . Breite Streifen aus Sonnenlicht durchzogen alles. Sie krochen durch eine Reihe von Fässern und stiegen mit dem Herzen im Mund eine wacklige Treppe hinauf. Wer könnte an der Spitze stehen?

Eine kurze Pause, dann nickte der Oberkapitän.

„Alles klar, Männer", hauchte er.

Sie gingen vorsichtig durch das dichte Heu, das im Obergeschoss verstreut war, und mieden die Risse und Gruben, die dem unvorsichtigen Fuß durch gelöste Bretter und verfallene Planken geboten wurden. Mit unbewusster Direktheit wandte sich der Leutnant dem großen Heuhaufen zu, der normalerweise das Ende dieser Expedition markierte, aber der Oberkapitän runzelte die Stirn und ging an der kurzen Leiter vorbei, die zum Gipfel führte. Er drängte sich durch eine Allee voller alter Maschinen, kroch über zwei alte Schlitten und unter einem Schleifsteinrahmen hindurch und gelangte in eine dunkle, fast leere Ecke.

Die Hitze des Heus war intensiv. Der stickige, trockene Geruch stieg ihnen in die Nase. Wo der helle, breite Sonnenstrahl durch das kleine Fenster im Scheitelpunkt fiel, sah man, wie die Luft mit Millionen winziger Partikel tanzte und zitterte, die eine kontinuierliche, aufgewühlte Bewegung aufrechterhielten. Der Schweiß tropfte von den runden Wangen des Pfarrers; sie keuchte vor Hitze.

Der Oberkapitän ging auf Zehenspitzen und suchte die dunkelsten Tiefen der Ecke, wobei er über eine alte, verdeckte Truhe stolperte. Er blieb stehen und legte seine Hand auf den Deckel. Die beiden Wachoffiziere schnappten nach Luft. Der Oberkapitän öffnete mit unendlicher Vorsicht den Deckel.

Plötzlich erschütterte ein dumpfer, hallender Krach den Boden. Der Pfarrer quietschte vor nervöser Angst. Ich sage „quiekte", denn mit großer Geistesgegenwart unterdrückte der Leutnant ihren sicheren Schrei in den Falten seiner immer griffbereiten Schärpe, und nur ein leises Zwitschern störte die Totenstille, die dem Absturz folgte. Die Hand des Oberkapitäns zitterte, aber er hielt den Deckel der Truhe fest und wartete. Wieder dieser hohle Knall, gefolgt von einem Rascheln, als würde Heu heruntergeschleppt, und einem keuchenden, schluckenden, gurgelnden Geräusch.

„ Erstickte ihren sicheren Schrei in den Falten seiner stets bereiten Schärpe. ”

„ Nichts außer den Pferden", flüsterte der Leutnant und nahm seine Schärpe ab. "Sei ruhig jetzt!"

Der Pfarrer atmete wieder auf. Der Oberkapitän beugte sich über die Brust.

"Oh! Oh! Oh, Leute! Schau mal hier!“ Seine Stimme zitterte. Seine Augen waren weit aufgerissen. Sie krochen näher und holten tief Luft.

Dort in der alten Truhe lag, achtlos zusammengewürfelt, offen, ungeschützt, eine glitzernde Fülle seltsamer Gold- und Silberschätze. Knöpfe, Tassen, seltsam durchbohrte, flache Untertassen, unzählige Ringe, so groß wie kleine Kekse, schlichte Metallstangen, schwere Stangen.

Die Augen des Oberkapitäns leuchteten fieberhaft, er atmete schnell.

„Hier, hier, hier!" flüsterte er und steckte seine Hände in die Kiste. Er reichte dem Pfarrer eine Handvoll. Für einen Moment schreckte sie zurück; Und dann, als ein flaches, geschnitztes, goldfarbenes Ding ihre Hand berührte und ihre Wangen rot wurden, ergriff sie es und versteckte es in ihrer Tasche.

„Gib mir noch eine", bettelte sie leise, „gib mir diese glänzende kleine Tasse!"

Falls Zweifel an der himmlischen Realität der Sache bestanden hatten, war es jetzt vorbei. Es ist nicht mehr nötig, dass die überschwänglichen Worte des Hauptmanns die Lücken im tatsächlichen Stand des Falles füllen. Hier waren die Dinge – das war kein Rollenspiel . Hier war Gefahr, hier war Verbrechen, hier war glitzernder Reichtum, alles unbewacht, und niemand außer ihnen wusste es!

Sie freuten sich über die Brust; Ihre heißen Finger berührten eifrig jeden Ring und jede große Kette. Nur der Leutnant holte tief Luft und durchbrach aufgeregt die ekstatische Stille.

Der Oberkapitän beherrschte sich zunächst selbst.

„Hm, das reicht – *von hier aus* !" er befahl mit schrecklicher Bedeutung. "Aufleuchten. Sie werden uns töten, wenn sie uns erwischen! Jetzt weich. Atmen Sie nicht so laut, Pfarrer!"

Er führte sie in eine andere Richtung, nachdem er die Kiste sanft geschlossen hatte, und statt zur Treppe zu gehen, blieb er vor drei quadratischen Öffnungen im Boden stehen. Er legte sich flach auf den Bauch und spähte auf eines. Es öffnete sich direkt über der Krippe, und als er zwei Arme voll Heu hinabgeworfen und die Entfernung mit dem Auge abgemessen hatte, sahen sie, dass er hindurchfallen wollte, und erkannten, dass sein Blut oben war, und der Himmel wusste, wo er das aufhalten würde Tag.

Der Pfarrer begriff die Idee, bevor der Leutnant und mit der ihm eigenen Ungeduld das zweite Loch durchschritten hatte, bevor das dritte Mitglied der Bande seinen ersten Arm voll hingeworfen hatte. Leicht wie eine Katze ließ sie sich fallen, krabbelte aus der Futterkrippe, und als im Vorstall ein Schritt erklang, zerrte sie den Leutnant voller Angst hindurch, stolperte über den großen Haufen Stallabfälle und kauerte klopfend hinter der Kuh -Haustür.

Der Oberkapitän, den Krisen beruhigten und unmittelbare Gefahr ermutigten, kroch selbst in den Stall zurück, um am Geräusch der Schritte die Richtung des Eindringlings zu erkennen.

Er sprach mit dem Pferd.

„Möchten Sie etwas zu Abend essen? Ich wette, das tust du. Du hast Heu gestohlen, oder? Das wird niemals reichen."

Es war genug. Bald würde er nach oben gehen, um die Schätze zu zählen – wer hätte jemals gedacht, dass dieser einfach aussehende Stallknecht seit Jahren von einem solchen Schatz wusste ? – und dann wehe den Piraten!

"Komm zu dir! Lauf um dein Leben!" Er schoss auf sie, und sie rannten keuchend, stolpernd und murmelnd miteinander über den Hof, über einen hinteren Zaun und über ein unbebautes Grundstück, während der Pfarrer vor Aufregung weinte. Der Leutnant verfing sich mit dem Fuß in seiner Schärpe und stürzte kläglich. Er verwechselte sie mit Waffen des Gesetzes, als sie sich loyal umdrehten, um ihn aufzuheben, und schlugen sie mit schwachen Schlägen. Sie zerrten ihn durch eine Hecke und flüchteten in ein altes Werkzeughaus.

Langsam kamen sie wieder zu Atem. Der köstliche Schrecken der Verfolgung wurde von ihnen genommen. Es schien, dass sie in Sicherheit waren.

„ Gehst du jetzt nach Hause?" sagte der Leutnant heiser.

Heim? Heim? War der Kerl verrückt? Der Oberkapitän gab keine Antwort.

"Nach vorne! Marsch!"

Er verließ das Werkzeughaus und machte sich auf den Weg zur Scheune. Ein großer Hund bellte und eine Stimme rief:

„Runter, Danny, runter!"

Sie kehrten hastig zurück und kletterten mühsam aus einem kleinen Fenster auf der anderen Seite des Werkzeughauses, um direkt auf das angrenzende Grundstück zuzusteuern. Der Schatz klimperte in ihren Taschen, als sie heimlich in diese Scheune rannten. Die letzte Hemmung war weg, man betrat Neuland. Eine Reihe von Hinterhofeinschnitten hatte dazu geführt, dass sie um die Ecke bogen, und wenn sie offen und bei Tageslicht auf die Straße gegangen wären, hätten sie sich in einem anderen Teil der Stadt wiedergefunden. Der Oberkapitän schlich durch ein niedriges Fenster herein. Er war völlig in seinen schrecklichen Charakter verstrickt. Blind für die Konsequenzen, kaum darauf achtend, ob die anderen ihm folgten, kletterte er über das Fensterbrett und blickte sich um. Fantasie war nicht mehr nötig. Es bedurfte keiner ausgefeilten Tricks, um die allzu vertrauten Orte in seltsame Höhlen und die bekannten Scheunen in bedrohliche Gefahrenfallen zu verwandeln. Hier war alles neu, unerprobt, mit endlosen Möglichkeiten.

Es war ein sauberer, geräumiger Ort. An den Seiten standen große, schattige, weiß drapierte Kutschen; Es herrschte ein Geruch nach Lack und neuem Leder. An den Wänden hingen faszinierende Gartengeräte: urige Gießkannen, Schlauchschlangen und ein Rasenbrunnen. Alles war still. Der Oberkapitän schritt über den Boden und streckte seine Hand mit einem majestätischen Schwung aus.

„All diese Dinge – alle – alles , was wir wollen, können wir nehmen!“ murmelte er, aber nicht zu ihnen. Sie konnten deutlich sehen, dass er Selbstgespräche führte. Versunken in wilden Träumen ungezügelter Plünderung stampfte er umher, befingerte den Gartenschlauch, spähte hinter den Kutschen herum, warf den Kopf hin und her und atmete schwer.

Plötzlich ertönte ein Schritt, als würde ein Mann auf Kies gehen. Es kam näher, näher. Für einen schrecklichen Moment schien der Leutnant in Gefahr zu sein, sich für einen verängstigten kleinen Jungen in einer fremden Scheune zu halten; Er zupfte nervös an seiner Schärpe. Im nächsten Augenblick fielen zwei Hände aus entgegengesetzten Richtungen auf seine Schultern.

„Steig in eine Kutsche – schnell, schnell, schnell!“ „Zischte der Oberkapitän, und er hörte, wie die Pfarrerin keuchte, als sie ihn unter die Lasche des Lakens schob, das eine hochschwingende Victoria drapierte . Sie war bei ihm, dicht neben ihm auf dem Boden der Kutsche zusammengekauert, und es schien kaum glaubhaft, dass das Geräusch des hastigen Sprungs des Oberkapitäns in das benachbarte Surrey das Ohr des Mannes, der die Scheune betrat, nicht erreichen konnte. Aber er hörte nichts. Er ging träge an ihnen vorbei, hielt inne und zündete ein Streichholz am Lenkrad der Victoria an , und unter dem Laken kroch der Geruch von Tabak. Der Pfarrerin kam es so vor, als müsste ihr Herzschlag die Kutsche erschüttern. Sie wagte nicht, nach Luft zu schnappen, aber sie wusste, dass sie platzen würde, wenn dieser Mann noch länger dort stehen bliebe. Es konnte nicht möglich sein, dass er sie nicht finden würde. Ach, wie wenig wusste er! Direkt unter seinem Rohr lagen diejenigen, die ihm alles in seiner alten Scheune wegnehmen konnten, wenn sie wollten. Vielleicht war genau die Vermutung, dass dieser schreckliche Oberhauptmann schon am nächsten Morgen verschwunden sein könnte, er hatte solche Ambitionen, solche hochspringenden Träume.

Schlag! Schlag! Schlag! Ihr Herz schlug, und der Atem des Leutnants pfiff durch seine Zähne. Noch nie in ihrem Leben hatte eine so anstrengende Erregung jeden Nerv erfasst. Oh, mach weiter, mach weiter, sonst schreien wir!

Er schlenderte vorbei und öffnete eine Tür hinten. Der Riegel klickte beinahe, als ein hohles, aber unverkennbares Niesen aus dem Mund des Oberkapitäns ertönte. Sofort öffnete sich die Tür wieder. Der Mann trat einen Schritt zurück. Alles war totenstill, allein das Echo des schicksalhaften Niesens ihres Anführers ließ die Herzen seiner gequälten Anhänger erbeben.

„ Sie wusste, dass sie platzen würde, wenn dieser Mann noch länger dort stehen würde. "

„Hmpf!" murmelte eine tiefe Stimme: „Das ist seltsam. Jemand da draußen?"

Schweigen. Stille, die in den Ohren des Pfarrers summte, summte und dröhnte.

„Queer – ich dachte, ich hätte es gehört … Verdammt queer!" murmelte der Mann. Der Leutnant schauderte. Das war ein Wort, über dessen Möglichkeiten er zögerte, nachzudenken. Piraterie ist schlimm genug, das weiß der Himmel, aber Schimpfwörter sind mit Sicherheit noch schlimmer.

Wieder klickte der Riegel. Nach einer kunstvollen Pause erschien die Nase des Oberkapitäns, in einem fragenden Winkel zwischen die beiden Laken gesteckt, die den Surrey drapierten. Vorsichtig schwang er sich hinunter, vorsichtig schlich er auf Zehenspitzen auf die anderen zu.

„ *Sst ! Sst !* Alles sicher!" er flüsterte. Sie kroch hinaus, und ein Blick auf sein zurückhaltendes Stirnrunzeln verriet ihnen, dass das kürzliche Niesen nicht erwähnt werden durfte.

Wie Katzen krochen sie die Treppe hinauf, und nur die große Geistesgegenwart des Oberkapitäns verhinderte, dass sie rückwärts die Treppe hinunterfielen, denn dort auf dem Heu vor ihnen lag ein Mann, der in voller Länge ausgestreckt war und schwer atmete. Sein Gesicht hatte eine tiefrote Farbe und ein starker, süßlicher Geruch erfüllte den Dachboden. Sie drehten sich auf die warnende Geste des Oberkapitäns um und warteten, während er sich ängstlich anschlich und den Mann untersuchte. Als er zu ihnen zurückkehrte, war ein neuer Triumph in seinen Augen zu erkennen, eine noch größere Begeisterung lag in seiner eiligen Rede.

„Kommen Sie her, Leutnant!"

"Jawohl, mein Herr."

„Das ist ein toter Pirat. Er starb in der Verteidigung – in der Verteidigung seines Lebens. Er wird entdeckt, wenn wir ihn hier lassen."

Dies schien äußerst wahrscheinlich. Der Leutnant wirkte alarmiert. Er machte ein oder zwei Schritte auf dem Dachboden und kam erleichtert zurück.

„Nein, er ist auch nicht tot", verkündete er, „er ist nur so –"

„Er ist tot", wiederholte der Oberkapitän bestimmt. „Tot, sage ich. Du hältst den Mund, ja? Und wir müssen ihn begraben."

Der Leutnant sah mürrisch aus und kaute am Ende seiner Schärpe. Vor dem Pfarrer so niedergeschlagen zu werden! Es war kaum anständig. Und sie erfasste die Situation auf ihre gewohnte und irritierende Art sofort.

„Wir müssen ihn sofort begraben", flüsterte sie aufgeregt, „bevor dieser Mann hier hochkommt."

„Dieser Mann", fügte der Oberkapitän hinzu, „ist ein furchtbar böser Kerl, das sage ich Ihnen." Wenn er uns hier einholen würde, weiß ich es nicht – ich weiß es nicht, aber er würde – hierher, zurückkommen, Lieutenant! Komm zurück, sage ich!"

Sie schlichen sich an den toten Piraten heran, der nicht das Aussehen hatte, das die populäre Vorstellung den edel Verstorbenen zuschreibt. Der Leutnant tappte offen gesagt im Dunkeln über die Absichten seines Vorgesetzten.

„Wenn du ihn wegnimmst, um ihn zu begraben , wird er aufwachen –"

„Halt deinen Lärm!" unterbrach der Oberkapitän wütend.

eines anderen warten , sondern begann fieberhaft, Handvoll Heu zusammenzuschleppen und sie leicht über die Stiefel des toten Piraten zu häufen. Der Oberhauptmann bedeckte den Körper des Mannes mit zwei hastig gepackten Armen, und da der Mut des Pfarrers an diesem Punkt nachließ, legte er kühl einen dünnen Streifen direkt über das rote Gesicht. Der Pirat wurde begraben. Es war aufregend, kaum einen Umriss seiner Gestalt zu erkennen.

„Hut ab, meine Männer", flüsterte der Oberhauptmann heiser vor Rührung, „und wir werden ein Gebet sprechen. Leutnant", mit edler Entsagung im Gesichtsausdruck, „ *Sie* dürfen das Gebet sprechen!"

Der Leutnant war berührt und schmolz von seiner mürrischen Verachtung.

„Was soll ich sagen? Was soll ich sagen?" murmelte er aufgeregt. „Nicht ‚Hohl sei dein Name'? Das ist eine lange Frage."

„Jetzt liege ich –", schlug der Pfarrer zitternd vor.

„Pshaw, nein!" unterbrach der Oberkapitän.

„So ein Babyding ist doch nicht! Wenn Sie keinen kennen, Lieutenant, erfinde ich einen."

„Nein, ich sage eins", drängte der Leutnant hastig. „Ich sage eins, Captain. Ich sage meine Koliken , die ich gestern hatte. Warte einen Moment, bis ich mich daran erinnere."

Der schwere, gleichmäßige Atem kam weiterhin unter dem Heu hervor, wo der gemarterte Pirat lag. Die Hühner in einem nahegelegenen Hühnerhof gackerten schrill, das Trillern eines unermüdlichen Kanarienvogels in den Kutscherzimmern hob und senkte sich durch die heiße Juniluft. Rot und triefend von der Hitze, staubig und mit Heu bestreut, standen die Gesetzlosen feierlich und angespannt da und zuckten zusammen, als sie das geringste Geräusch von unten hörten.

Der Leutnant räusperte sich, schloss die Augen fest, um sein Gedächtnis zu stärken, und begann mit seiner Beerdigung:

„ Allmächtiger und ewiger Gott , der uns, deinen Dienern, durch das Bekenntnis eines wahren Glaubens Gnade gegeben hat, um die Herrlichkeit der ewigen Dreifaltigkeit anzuerkennen , und – und – "

„ Und in der Macht der Göttlichen Majestät – " drängte der Pfarrer demonstrativ.

„ Würden Sie ruhig bleiben, Fräulein? Majestät, die Einheit anzubeten, wir flehen Dich an, dass Du 's - halte 's standhaft, ähm, würdest 's standhaft halten – – "

„' Allmächtiger und ewiger Gott.' "

Der Leutnant hielt hilflos inne.

„ In diesem Glauben ", fügte der Pfarrer triumphierend hinzu und stürmte mit fast unverständlicher Schnelligkeit weiter, *„ und verteidige uns immer vor allen Widrigkeiten , die einen Gott leben und regieren , bis ans Ende der Welt." Amen! "*

Sie holte tief Luft und schob ihre Maske noch weiter von ihrem heruntergefallenen Pony zurück.

Der Oberkapitän war sichtlich beeindruckt. Es war ihm nie in den Sinn gekommen, „einsammeln" zu sagen. Der Leutnant war schließlich kein so schlechter Kerl.

Ernst ging er die Treppe hinunter und kletterte gedankenverloren durch das kleine Fenster. Offensichtlich ging ihm etwas durch den Kopf.

„Das letzte Mal, als ich diesen Piraten gesehen habe", begann er.

Der Leutnant stolperte und setzte sich abrupt hin.

„Das letzte Mal, als du ihn gesehen hast?" er stammelte.

„Das habe ich gesagt", antwortete der Hauptkapitän knapp. „Als ich ihn das letzte Mal sah, hätte ich nicht gedacht , dass ich ihn begraben müsste. Er hatte gerade eine Menge Schätze und so und – *Sst ! Sst !* Für euer Leben!"

Sie huschten verzweifelt davon. Der Boden war für sie neu, und wenn es nicht die von der Vorsehung gegebenen Mülltonnen und Nebengebäude gegeben hätte, hätten sie kaum hoffen können, sich vor dem Mann zu verstecken, der den Hof aufharkte. Um ihm auszuweichen, rannten sie direkt durch seine Scheune und umrundeten ein Sommerhaus, ohne zu bemerken, dass dort eine kleine Teegesellschaft stattfand, bis sie zu ihrem eigenen schrecklichen Entsetzen und zum bitteren Erstaunen der Teegesellschaft hindurch rannten. Sie brachen durch eine Hecke, keuchten einen zweifelhaften Moment in einem Holzhaus und setzten dann ihren stürmischen Flug mit dem vagen, anstrengenden Tempo überfüllter Träume fort. Weiter, weiter, weiter. Schlüpfen Sie hinter diesen Fliederbüschel – warten Sie! *Sst ! Sst !* Dann komm vorbei! Oh, beeil dich, beeil dich! Schnapp dir deine Schärpe! Wem *gehört* dieser Hof? Egal! beeil dich!

„ Dann begannen sie ihren stürmischen Flug. "

Erschöpft fielen sie unter ihren eigenen Birnbaum.

„Meine Güte, aber das war knapp! Ich dachte, sie hätten uns sicher!" hauchte der Oberkapitän.

„ Wer – wer waren sie?" fragte der Leutnant mit großen Augen.

"Wer waren sie? Wer waren sie?" wiederholte der Oberkapitän verächtlich. "Die Idee! Ich schätze, du würdest herausfinden, wer sie waren, wenn sie dich einmal erwischten!"

Der Leutnant warf dem Pfarrer einen schlauen Blick zu. Wusste sie es? Man konnte es nie sagen, sie tat so. Sie schauderte angesichts der Andeutung des Oberkapitäns.

„Ja, Sirree, dann würden Sie es wohl herausfinden", versicherte sie ihm.

Plötzlich verfinsterte sich das Gesicht des Oberkapitäns. "Der Schatz!" Er hat tief eingeatmet. "Es ist weg!"

Bestürzt streckten sie ihre Taschen hervor. Alle diese goldenen und silbernen Gefäße gingen verloren – verloren in diesem letzten wilden Ansturm. Alles außer der flachen, goldfarbenen Untertasse in der Hand des Pfarrers. Sie blickten neidisch darauf, aber die Ehre hielt sie zum Schweigen. Dem Pfarrer gehörte die Beute.

„Ich verstehe jedenfalls nicht, was sie nützen", begann der Leutnant mürrisch.

"'Gut'?" ahmte den Hauptkapitän wütend nach. „'Goo d'? Warum haben wir sie nicht *gestohlen* ?"

Langsam zogen sie ihre Uniformen aus und versteckten sie unter der hinteren Piazza. Langsam verblasste der Anlass im Licht des Alltags; Die Gegenstände verloren ihr Geheimnis, die Scheune und das Werkzeughaus entledigten sich unmerklich aller Pracht. Es war nur der Hinterhof.

Der Oberhauptmann und der Leutnant warfen sich wieder unter den Birnbaum und fielen in einen dösenden Schlaf. Die Pfarrerin ergriff ihren Schatz, stolperte die Hintertreppe hinauf und machte auf dem Treppenabsatz ein ungezwungenes Nickerchen. Zu diesem Zeitpunkt muss ihr die goldfarbene Untertasse aus der Hand gerutscht sein, denn als sie auf dem Sofa im oberen Flur aufwachte, war sie nirgends zu finden.

Dieselben Hände, die sie an diesen eher konventionellen Ruheort gebracht hatten, badeten und kleideten sie für das Abendessen, und obwohl sie vor zwei Stunden noch wie eine Piratin über ihren schuldbewussten Besitz gejubelt hätte, irgendwie wie eine hübsche, kleine Person in Rosa Sie scheute sich, sich dem Thema zu nähern, und aß schweigend ihren Vanillepudding.

Irgendwann in den Stunden des nächsten langen Morgens, als sie leise auf der Piazza spielte, hörte sie die Stimme ihrer Mutter, die leicht erhoben war, um das Ohr der Köchin zu erreichen:

„Na ja, ich nehme an, das ist es. Das sollte mich nicht wundern, Maggie. Ich nehme an, das Kind hat es irgendwo aufgehoben. Hast du das über Mr. Van Tuyls bestes Geschirr gehört, Fred ? Alles verstreut über die Hälfte der Hinterhöfe der Winter Street. All diese Messingverzierungen und auch Teile der Seitenlampen. Zum Glück haben sie alles gefunden. Nimm das Stück, Maggie, und gib es dem Mann, wenn du ihn siehst.“

Der Pfarrer seufzte. In diesem Moment spürte sie gemeinsam mit dem Dichter, dass die Herzen der Hausfrauen am glücklichsten sind.

BOBBERTS FROHE WEIHNACHTEN

„Und *so* wurde ich in einer Krippe geboren!" Bobbert schloss.

Das Baby nickte, sein Mund war eine verständnisvolle Knospe, seine Augen groß vor Interesse.

„ Nuv ' 'tory! Erzähl es Babe, nuv ' 'tory!" sie verlangte.

„ Dann kamen die Weisen. Sie waren Hirten. Sie kamen mit ihren Herden nachts –"

„Häh?"

„Schwärme bei Nacht, sage ich. Es war etwas, was sie hatten. Sie brachten mir etwas Weihrauch von Frank –"

„ Unka Verdammt ! *Gut* _ Unka Verdammt !"

„ *Wirst* du still bleiben? Es war nicht dieser Frank."

„ *Warum nicht?* „fragte das Baby mit verblüffender Verständlichkeit. Ihr Deutsch war aus irgendeinem Grund, den sie selbst am besten kannte, ebenso deutlich wie ihr Englisch verstümmelt.

„Weil es nicht so ist, Dummerchen. Onkel Frank ist kein weiser Mann – er ist Professor am College. Und sie brachten mich –"

„Schau her, Bobbert , wovon zum Teufel redest du?"

„Ich erzähle ihr alles über Weihnachten, Onkel Frank." Bobbert nahm den Zipfel des Teppichs aus dem Mund des Babys und reichte ihm seine seidene Stoffpuppe. „Minna sagte, ich solle sie amüsieren, und das tat ich auch. Von der Krippe, die ich erzählt habe –"

„ Das habe ich gehört. Aber warum formulieren Sie es genau in dieser Form? Weißt du, du wurdest nicht in einem geboren, und – und – ähm – du solltest wirklich nicht so reden, weißt du?"

„Warum war ich nicht?"

„Weil du es nicht warst."

„Na, wo war ich dann?"

„Du wurdest in diesem Haus geboren."

„Wo in diesem Haus?"

"Wo? Ich nehme an, oben . "

„Werden die Menschen immer oben geboren?"

"Normalerweise."

„Noch nie unten geboren? Haben Sie jemals jemanden gekannt, der von Geburt an geboren wurde?"

„Oh, hör auf, Bobbert ! Mach weiter, amüsiere deine Schwester. Du hast ein Genie für pure Idiotie. Wo ist deine Mutter?"

Bobberts Gesicht verzog sich. Das Baby riss ein Stück von seiner Puppe ab und schluckte es ohne Vorwürfe – es war einer ihrer Schlucktage – und begann, ihren Finger zu befeuchten und in verschwommenen Umrissen den Figuren auf der Tapete von Kate Greenaway zu folgen, ohne einen einzigen Tadel von ihrem Bruder.

„Wenn ich einen Baum habe , möchte ich ihn selbst machen. Sie sind alle unten in der Bibliothek und ich muss draußen bleiben. Da ist auch eine Leiter drin. Und sie lachen die ganze Zeit. Ich muss hier bei *ihr bleiben* ! Was nützt es, ihn meinen Baum zu nennen, wenn ich nicht anders kann? Tante Helena sagt, dass mir nicht die Augen rausfallen, wenn ich es sehe; aber das werden sie nicht."

(„Hätte sie die Puppe nicht besser zum Spielen behalten und etwas anderes essen können?")

„Ich glaube, ich könnte reingehen! Hier, hör auf, das zu essen, Baby! Lass los! Jemand ist auch von der Leiter gefallen, und da war ich draußen im Flur! Ich glaube nicht, dass sie das kleine Backup hatten, das verhindert, dass es sich verdoppelt, so in der Art passiert es, wissen Sie. Tust du? Ich könnte ihnen davon erzählen. Was nützt ein Baum überhaupt?"

(„Glauben Sie, dass sie die Tapete mit diesem Rand verbessert? Vielleicht geht die Farbe verloren.")

„Hier, hör auf damit! Lutsch nicht an deiner Hand, Baby. Oh, meine Güte! Ich wünschte, Minna wäre hier. Ich bin keine Krankenschwester. Ich weiß, als ich klein war, habe ich nie so viel Aufhebens gemacht. Wenn ich für irgendjemanden einen Baum hätte, würde ich ihm den Spaß daran überlassen. Würdest du nicht?"

Sein Publikum wirkte unsicher. Tief in seinem Herzen hatte er das Gefühl, dass sein Neffe recht hatte, aber seine Klugheit hielt ihn zurück und er erhob sich mit zögernder Miene, um zu gehen. „Na ja, wissen Sie, das wird normalerweise so gemacht", schlug er vor. „Es soll Überraschungscharakter haben. Wenn Sie das Ganze arrangieren würden, gäbe es doch niemanden, den man überraschen könnte, oder?"

Bobbert schniefte. „Oh, wenn du draußen bleibst, könnten wir dich wohl überraschen ", sagte er etwas zynisch.

„Aber ich habe so viele Bäume gesehen –" Die Verteidigung war sehr schwach, und er wusste es.

„„ Hier, hör auf damit. ""

„Oh, alles klar", sagte Bobbert gereizt und riss das Baby vom hohen Kotflügel weg. „Und dort knallen sie Mais über das Feuer; Ich hörte es knallen. Und Tante Helena sagte, dass es so gut gezuckert sei, und der Dicke – der mit dem gelben Schnurrbart – sagte, er solle denken, dass alles, was sie aß, schmecken würde – –"

„Woher wissen Sie, was sie gesagt haben?"

"I habe gehört."

"Wie?"

"I habe gehört."

"Wie Hörtest du?"

„Durch das Schlüsselloch!" Bobbert biss die Zähne zusammen und drehte nervös ein Stück vom Kleid des Babys.

„Und seit wann wenden Sie diese Methode der Informationsbeschaffung an, Robertson?"

"Es ist mir egal! Ich habe nur einen Moment gemacht! Es ist mir egal, ob es hinterhältig ist – ich könnte genauso gut hinterhältig sein, wenn ich nicht nach Annapolis gehe! Wenn ich überhaupt etwas mache, sagen alle: „Oh je!" Ich fürchte, Sie werden doch nie Leutnant. Das tun sie nie!' Und wenn ich sage, dass ich einer sein werde, sagen sie: „Damit würde ich nicht rechnen, Bobbert ", bis ich einfach nur noch krank und müde bin! Gehe ich nach Annapolis? Bin ich? Wenn ich das weiß, ist mir der alte Baum egal."

„Mein lieber Junge, woher weiß ich das? Es wird von – von – den Umständen abhängen", schloss er schwach.

Bobbert stampfte mit dem Fuß auf. Sein Onkel schlüpfte aus dem Zimmer.

In der Bibliothek ragte der Baum bis zur Vollendung empor. Ein vergoldeter Engel hielt Seile aus Popcorn, die kunstvoll nach unten hingen; schneebedeckte, mit Bändern umwickelte Päckchen hingen an den Ästen; An den Enden hingen Kerzen. Tanten und Onkel plauderten und lachten und stritten sich freundschaftlich, während Bobberts Vater und Mutter, überschäumend vor Freude, Geschäftigkeit und einem vagen Weihnachtsgefühl, mit den gleichen Päckchen herumliefen, die gleiche rote Kerze zurechtrückten und am gleichen Preiselbeerseil zogen.

„Ist es nicht großartig, Frank? Das ist wirklich das Beste, was wir je hatten. Wie geht es den Kindern? Haben sie einen Verdacht?"

„Nichts – überhaupt nichts", versicherte er ihr. „ Bobbert glaubt, dass der Geruch von Hemlocktanne und Popcorn auf die Fensterkästen zurückzuführen ist, und ich habe keinen Zweifel daran, dass er annimmt, dass Sie hier unten eine Beerdigung durchführen. Es ist so still und feierlich."

„Oh, Frank, wie absurd! Nun, ich nehme an, er beginnt zu vermuten …"

„Meine liebe Schwester, deine Durchdringung macht dir alle Ehre. Bobbert ist erst neun und hat diese Aufführung erst neun Mal gesehen, daher wäre es seltsam, wenn er eine *genaue* Vorstellung davon hätte, was Sie alle tun, aber er hat wahrscheinlich eine vage –"

„Nun, Frank, du bist ermüdend. Natürlich weiß er es, aber wie kann er die Größe kennen? Er hat noch nie einen so großen gesehen. Und wir hatten noch nie so viele Kerzen – hier sind es drei Kisten. Und schauen Sie sich das an. Was denkst du, Onkel Ritch? hat ihn geschickt?"

Eine der Tanten winkte ihm mit einem Satz roter, blauer und gelber Kugeln zu, die mit elastischen Schnüren an einem bunten Stock befestigt waren.

„Ich nehme an, der liebe alte Mann denkt, Bobbert sei etwa zwei Jahre alt! Wo hast du das japanische Jongleur-Outfit hingelegt, Kate? Schau, Frank, dieses wunderschöne französische Puzzle! Es ist furchtbar interessant. Ich hoffe, es wird ihm gefallen. Noch mehr Süßigkeiten? Die Idee! Das Kind würde sterben! Wo ist Pater Robertsons Vogelbuch, Liebes? Ich werde es nicht wagen, ihn es alleine machen zu lassen; es ist zu exquisit. Sehen Sie, Frank, es gibt zweihundertfünfzig farbige Teller. Ist es nicht wunderschön?"

Bobberts Onkel fiel auf das Buch. „Bei George!" Er sagte: „Aber das ist eine Schönheit! Ziemlich verschwendet an Bobbert, nicht wahr? Er unterscheidet doch nicht einen Strauß vom Kanarienvogel, oder?"

„Nun, genau das möchte Pater Robertson ihm beibringen!" sie weinten im Chor.

Er nickte zweifelnd. „Schade, dass er nicht herkommen und helfen kann", meinte er, „er würde diesen Krach genießen."

Sie starrten ihn bestürzt an.

„Warum, Francis Robertson, woran denken Sie? Hat Bobbert Hilfe bei seinem eigenen Baum? Bist du verrückt?"

„Ich nehme an, das würde nicht gehen", gab er zu, „aber sehen Sie, das ist genau das, was ein kleiner Kerl mag – all den Lärm und die Aufregung und das Herumrennen und die – Gerüche", fügte er vage hinzu.

„Die Gerüche?" forderte Bobberts Mutter.

„Die Hemlocktanne und die Süßigkeiten und der *neue* Geruch all dieser Dinge", beharrte er.

„Kurz gesagt", sagte der Dicke mit dem gelben Schnurrbart und blickte von einer Schachtel mit bunten Kugeln auf, mit denen er und Tante Helena in unverhohlener Freude spielten, „genau das, was uns gefällt!"

„Genau", bemerkte Onkel Frank.

„Wirklich", sagte Tante Kate etwas steif, „wenn Bobbert und Babe beim Baum helfen sollten, kann ich mir nicht ganz vorstellen, wen wir heute Abend anrufen würden, um ihn zu sehen!" Wofür arbeiten wir so hart – um uns selbst zu gefallen?"

"Ach nein! Großer Himmel, nein!" rief Onkel Frank.

Bobberts Vater erschien mit einem Arm voll Stahlschienen und Querstreben. „Was sagen Sie dazu, Robertson?" rief er erfreut. „Joe! diese sind schwer. Drei Schalter am Ding, und Sie sollten den Motor sehen! Es gibt einen Salonwagen, einen Raucher und zwei Passagiere. Sehen Sie die Ausschreibung? Jove! Das nenne ich ziemlich gut. Klingel, Kate. Schau dir diese Kolbenstange an, Frank!"

Sie versammelten sich aufgeregt um ihn.

„Vater hat es gerade geschickt. Ich wollte nicht sagen, was er für das Ding bezahlt hat. Man klemmt es am Teppich fest – es geht direkt hindurch. Es gibt ein 42 Fuß langes Geländer – wie ist das? Vier Kurven und drei Weichen – normale Sache, wissen Sie. Wir verlegen es direkt durch die Bibliothek, quer durch den Flur, und schleifen es zurück vor den Wintergarten. Was sagen Sie?"

„Wird er sich nicht freuen!" seufzten die Tanten.

„Können wir es vor Abend runterkriegen?" sagte Bobberts Mutter nervös.

„Nun, das sollte ich sagen!" Der Dicke mit dem gelben Schnurrbart ergriff einen Arm voll Schienen und begann, die Verbindungen zu studieren ; Bobberts Vater und Onkel Christopher erklärten einander eifrig die Funktionsweise des Schalters; und Bobberts Mutter flog umher und fragte sich, wie die Teppiche das aushalten könnten, und stellte sich Bobberts Freude vor, als der Zug vom Fuß des Baumes wegfuhr.

"Das ist toll!" Onkel Christopher weinte, als die Schienen mit wunderbarer Geschwindigkeit herunterfuhren. „So viel Spaß hatte ich schon lange nicht mehr! Der halbe Spaß besteht darin, es vorzubereiten!"

Der Dicke mit dem Schnurrbart blickte auf und fing Onkel Franks Blick auf.

„Vielleicht möchte er lieber –"

Bobberts Mutter schüttelte den Kopf. „Jetzt bleiben Sie stehen", sagte sie fröhlich, „wenn Sie vorschlagen wollen, dass er herunterkommt und hilft!" Du scheinst meinen Plan überhaupt nicht zu verstehen, Frank. Ich möchte, dass das Ding perfekt ist – ich möchte, dass alles auf einmal über ihn hereinbricht. Wie können wir es abends ablegen, wenn wir alle angezogen sind? Und es würde sowieso keine Zeit dafür geben. Oh, Chris, das hast du ihm nicht auch mitgeteilt? Sehen Sie sich dieses schöne Hundehalsband an! Und die Kette auch! Jetzt wird Don respektabel aussehen. Geh einfach die Treppe hinauf , nicht wahr, Frank, und behalte Bob bis zum Abendessen auf dieser Etage? Minna wird es ihm dort oben bringen. Er wird die Schienen sehen, wenn er in den Flur kommt. Helena, wenn Sie und Mr. Ferris noch mehr von dieser zerbrochenen Süßigkeit essen, wird Ihnen bestimmt schlecht. Nein, ich meine nicht krank – ich meine einfach nur krank."

„Willst du damit sagen, dass du das Kind nicht ins Esszimmer lassen wirst? Er wird so angewidert sein, dass es keine Möglichkeit mehr gibt, mit ihm fertig zu werden."

Bobberts Mutter sah klagend aus. „Ich wünsche mir zum Himmel, Frank", sagte sie, „dass du selbst Kinder hättest! Vielleicht wären Sie dann nicht so lächerlich. Wie um alles in der Welt wird es Bobbert schaden , ausgerechnet heute Nacht ein paar Stunden im Kinderzimmer zu bleiben, nur damit wir uns alle für sein ganz eigenes Vergnügen abmühen können? Erzähl ihm eine Geschichte oder so. Wir werden kaum Zeit haben –"

Ein schallendes Gelächter unterbrach sie. Onkel Christopher hatte den Zug aufgezogen und auf der bereits verlegten Schiene in Gang gesetzt, zu seinem eigenen großen Trost und zum Ekel von Bobberts Vater und dem Dicken mit dem Schnurrbart, der ihn anschrie, er solle „anhalten", und Sie wedelten nervös mit den Händen in Richtung der Lokomotive, die auf der unvollendeten Kurve am Kaminvorleger entlangfuhr, während Tante Helena wild eine rote Fahne schwenkte und Tante Kate anfing, einen Hut als Handtasche für „das tapfere Mädchen, das ihr Leben riskierte" herumzureichen so galant, den Zug zu retten."

„„ Was machen sie in der Halle? '"

Er verließ sie mit einem Lachen und begann, die Treppe zwei Stufen auf einmal hinaufzusteigen, wobei er sich gerade noch davor rettete, auf eine zusammengedrängte Gruppe am oberen Ende der Treppe zu stoßen.

„Was *machen* sie in der Halle?" verlangte Bobbert unvermittelt, während er mit einer Hand den Rock des Babys umklammerte und sich mit der anderen in einer spähenden Haltung abstützte. „Was bringt sie dazu , so zu schreien? Warum heißt es „ Bremsen runter" ? Ist es ein Spiel? Wenn Tante Helena so lacht und lacht, weint sie hinterher normalerweise ."

Onkel Frank schleppte sie zurück ins Kinderzimmer und führte das Gespräch in Richtung Geschichte, aber Bobbert ließ sich nicht täuschen.

„Ich habe keine Lust mehr auf Geschichten. Ich wäre lieber unten", gähnte er. „Eines weiß ich: Wenn ich noch ein altes Tischlerset bekomme, verkaufe ich es morgen für fünf Cent. Ich hasse sie . Ich will nur ein Boot, und das kann ich nicht haben. Ich verstehe nicht, warum ich nicht rausgehen kann, wenn es *schneit* . Ich kann sowieso nie eine einzige Sache tun, die ich will."

„Du bist ein bisschen sauer", bemerkte sein Onkel und musterte ihn kritisch, „aber ich weiß nicht, ob ich es dir verübeln soll. Minna kommt bald."

„Nun, ihr geht es besser." Bobbert warf dem Baby einen finsteren Blick zu, das süß zurücklächelte.

„Du bist schlecht", sagte er knapp.

"Oh, *Nein* ", lächelte sie.

„Oh, *ja* ", er blickte finster. „Du kaust immer das Falsche. Schau dir deinen Schuh an, ganz nass! Was wird Minna sagen?"

Sie verzog ihr Gesicht in Falten, schüttelte den Kopf und rang mit Minnas Geste die Hände. „ *Pfui! Pfui doch! 's ist abscheulich!* ", schimpfte sie.

„Ich glaube nicht, dass du überhaupt ein Geschenk bekommst", fuhr er fort.

„Babe, komm schon ! Baby, lass es dir gut gehen !"

„Kein Eins! Keine Eins!" er blieb hartnäckig.

Ihre Augen füllten sich; sie flehte ihn ernsthaft an.

„ *Bitte* , Baby, komm groß, bitte !"

"Kein--"

„Hör auf, deine Schwester zu ärgern, Bobbert . Natürlich bekommt sie ein Geschenk. Warum nicht?"

„Weil sie geschworen hat."

„Was zum Teufel meinst du?"

"Ich meine was ich sage."

„Wann hat sie geschworen?"

„Vorgestern Abend. Sie sagte, dass es ihr schlecht gehen würde, wenn sie aufstand, und sie versuchten immer wieder, ihr zu sagen, dass sie es nicht tun würde, und sie sagte, sie würde es tun. Sie kann das Schlimmste sein, was Sie je gesehen haben."

„Schlimmeres je gesehen!" wiederholte das Baby.

„Und den ganzen Tag hatten sie Angst, dass sie es tun würde, und sie war es nicht und sie war es nicht, und sie war es nicht. Erst als sie zu Bett ging. Und sie sprach ihre Gebete – das eine, in dem sie sagt: „ *Herr Jesus, milde und –* etwas – *Du* " – und dann schaute sie einfach direkt an die Decke und fluchte so heftig sie konnte."

„Was zum Teufel hat sie gesagt?"

„Sie sagte: ‚O Herr! Du lieber Himmel! Verdammt!'"

"Oh!"

„Und sie hat auch tolle Ohrfeigen auf ihre kleinen Hände bekommen. Sie darf es nie wieder sagen, oder, Baby?"

Das Baby lachte schelmisch. Es war nicht abzusehen, was sie noch wusste.

Pünktlich um halb sechs flogen die Türen der Bibliothek mit einem Knall auf, das Klavier begann einen brillanten Marsch und Minna begleitete ihre Schützlinge pompös die Treppe hinunter, das Baby in Weiß mit einer verwirrenden Anzahl rosa Schleifen, Bobbert in einem blauen Matrosenkostüm Anzug.

Um den glänzenden Baum herum stand ein Ring aus Tanten, Onkeln und Großeltern, errötet und glücklich.

„Frohe Weihnachten, Bobbert ! Frohe Weihnachten, Baby! Wie gefällt es Ihnen? Ist es nicht großartig? Sehen Sie den Engel? Sehen Sie das Popcorn? Schauen Sie noch nicht auf den Boden! (Nein, es ist noch nicht so schnell soweit. Chris wird damit beginnen.) Na, war es schön, Gott segne ihr kleines Herz? *Wunderschön, Liebchen, nicht wahr?* "

Bobbert lächelte den Baum oberflächlich an, blinzelte ein wenig, sprang durch den Kreis der hell gekleideten Verwandten und traf auf einen rotgesichtigen, entschuldigenden Mann, der mit der Gruppe erfreuter Diener in der Nähe der Tür stand.

"Hallo David!" er weinte. "Wann bist du zurück gekommen? Wirst du bleiben? Wussten Sie, dass ich schwimmen kann? Erzählst du mir heute Abend eine Geschichte?"

Bobbert ergeben gewesen war , hustete abfällig und erklärte: „Ich bin nur wegen des Baumes vorbeigekommen, Mr. Bob, Ihr Papa hat mich gefragt." mit dem Rest zusammen. Und es ist ein schöner Baum, da bin ich mir sicher. Ich gehe davon aus, dass die meisten Geschenke für Sie sein werden, Mr. Bob?"

David stellte in der Öffentlichkeit den Titel „Respekt" voran, aber seine privaten Beziehungen zu Bobbert waren alles andere als formell gewesen.

Tante Kate hatte, vor Ungeduld tanzend, begonnen, die Geschenke von den unteren Zweigen zu lösen, und bald türmten sie sich um ihn herum.

„Meister Robertson Wheeler. Meister Robertson Wheeler – oh, Bobbert , das ist ein wirklich tolles Geschenk. Fräulein Dorothea Wheeler. *Siehst du, mein süßes Kind?* Meister Robertson Wheeler. Sehen Sie, was Onkel Ritch. hat dich geschickt, Bob! Er hat vergessen, wie du gewachsen bist!"

Sie lachten, erklärten, dankten, aßen, alles gleichzeitig.

„Und die Süßigkeiten behält Mutter bis morgen. Nun, Bob, sieh! Unter dem Baum!"

Der Motor ratterte stolz vor sich hin. Die Onkel und Tanten fielen darauf herein.

"Dort! Ich habe dir gesagt, dass es nicht genug geölt war! Sehen Sie, wo sich der Schornstein anschließt! Wird sie die Kurve am Teppich nehmen? Sehen Sie, Bobbert , wie die Schalter funktionieren! Echte Schalter! Vater! Hier entlang, Pater Robertson! Mr. Ferris wird den Schalter betätigen. Ist es nicht wunderbar, Bobbert ? Es ist von Opa Wheeler. Danke ihm. Es geht durch die Halle. Oh, Kate, du kannst diesen Schalter nicht betätigen, oder? Sieh zu, wie Tante Kate den Schalter betätigt, Liebes."

Bobbert beobachtete es neugierig. Er rannte nach vorne zum dritten Schalter.

„Willst du sehen, wie es läuft, Bob? Hier, ich erledige es für Sie. Anfangs ist es etwas eingängig. Ja, in der Tat, Herr Robertson, wir hatten mehr als nur ein bisschen Spaß daran, das vorzubereiten, das versichere ich Ihnen. Ziemlich vollständig, nicht wahr?"

Onkel Christopher begann zur großen Freude der Diener mit dem japanischen Outfit zu jonglieren. Die Tanten und Mr. Ferris spielten mit dem Motor und erklärten den staunenden Großvätern seinen Mechanismus. Oma Wheeler staunte über das französische Zerlegungsrätsel. Bobberts Mutter, die fröhlich die Süßigkeiten bewachte, lachte über das Baby, das, an das Hundehalsband angeschnallt, vor seinem Vater hertänzelte, die bunten Kugeln in der Luft schwenkend, ein Wolllamm unter dem freien Arm. Die fröhlichen Momente vergingen.

Plötzlich blickte Großvater Wheeler von dem Vogelbuch auf, das er mit Onkel Frank teilte. „Aber wo ist Robertson Jr.?" erkundigte er sich sanft.

Sie starrten. „Warum, genau hier", sagten sie. Aber er war nicht da.

Onkel Frank blickte die Verwandten umfassend an und lächelte überlegen. Dann fiel sein Blick auf das Vogelbuch in seinem Schoß und das Lächeln veränderte seine Qualität.

Er warf einen Blick auf den Ring der Diener. „Und wo ist David?" er fügte hinzu. Plötzlich sprang er auf. "Aufleuchten!" er sagte. „Wir werden ihn finden. Machen Sie keinen Lärm – gehen Sie jetzt sanft."

Und immer noch die Geschenke in der Hand, trotteten sie hinter ihm durch die Halle, Bobberts Mutter dicht neben dem Anführer, die Tanten und Mr. Ferris am Ende der Schlange. Durch das Esszimmer, durch die große Speisekammer, durch den Flur und bis zur Küchentür gingen sie auf Zehenspitzen.

Onkel Frank hielt einen Moment inne, nickte und machte Platz für Bobberts Vater, während die Großväter sich drängten und die Tanten hin und her spähten.

Auf dem Boden vor dem gut gefegten Küchenherd saß David; Neben ihm, ein wenig entfernt, hockte Bobbert , einen langen schwarzen Hockeyschläger in der Hand. Dazwischen lagen große Stücke Kohle aus dem Hod – scheinbar in Form von Neunnadelmustern.

„Ich werde bei Tagesanbruch von rechts angreifen. Sie werden sehen, was die Mosquito-Flotte leisten kann, Mr. David! Ihre schwerfälligen alten spanischen Schiffe können nicht schnell genug sein! Können Sie?"

„Warte ab, Bob, mein Junge!"

„Diese Kohle macht tolle Schiffe – nicht wahr? Viel Kohle wäre doch ein schönes Geschenk, oder? Oben verwenden sie Holz, und ich glaube nicht, dass ich welches besorgen könnte. Amüsiert du dich, David?"

„Das bin ich sicher, Bob. Bringen Sie Ihr Flaggschiff in die Reihe."

"Gut, ich werde. Sie war wegen Reparaturen unterwegs. Wenn ich Schlittschuhlaufen gehe, David, werde ich nie einen anderen Hockeyschläger benutzen. Ich wollte ein schwarzes neben einem Boot. Du warst nett, es mir zu schenken. Ich hoffe, dass ich nächstes Jahr groß genug für ein Boot bin."

„Nun, jetzt ist es Tagesanbruch. Leutnant, sind Sie bereit?"

"Jawohl, mein Herr."

„Beginnt den Kampf!"

"Jawohl, mein Herr."

Die Kohle flog dick und schnell umher, die Kommandeure ordneten die Klumpen an ihren Platz und jubelten und ermutigten ihre Offiziere und Mannschaften. Ein Schiff nach dem anderen sank, um nicht mehr aufzustehen, während die Kohle auf dem Herd klapperte.

Unter dem Schutz des Lärms führte Onkel Frank sie schweigend durch die leeren Räume dorthin, wo der verlassene Weihnachtsbaum nur Minna beherbergte und ihrem schlafenden Baby deutsche Wiegenlieder gurrte.

„Jetzt schauen Sie hier", sagte er. „Lasst uns vernünftig sein, liebe Leute. Wir werden weiterhin unsere Geschenke und unseren Sport genießen – und Bobbert seinen Spaß haben lassen. Warum nicht, oder?"

DAS HERZ EINES KINDES

Die Sonneneinstrahlung liegt auf der Straße, dem Feld und dem Haus. Die Käfer summen und summen, und die Hühner kichern schläfrig, halb versunken im grauen Staub. Am warmen blauen Himmel sind nur drei kleine weiße Wolken zu sehen. Es ist ziemlich still, bis auf die Hühner und Käfer und das gelegentliche Flattern des Collies auf den warmen Fahnen. Niemand geht die Straße hinauf oder hinunter. Es ist der heiße Mittagsschlaf des Landes im August.

Plötzlich ertönt das knirschende Geräusch von etwas, das über den Boden gezogen wird, und die Tür öffnet sich. Das Kind schiebt sich mit einem kleinen hölzernen Schaukelstuhl und einer großen Blechpfanne voller ungeschälter Erbsen hinaus. Sie stellt den Stuhl vorsichtig in den kühlsten Schatten und zwängt ihren kleinen, rundlichen Körper zwischen die geschwungenen Armlehnen. Ihre blaukarierte Schürze ist mit dem Hosenbund um ihren Hals gebunden – es ist eine erwachsene Frauenschürze – und bedeckt sie und den Stuhl, der jetzt viel zu klein für sie ist. Aber man kann nicht immer acht Jahre alt sein, und wenn man elf ist, soll man ohne Schmerzen auf die Geburtstagsgeschenke seiner Kindheit verzichten?

Sie stellt die Pfanne neben sich und legt eine Handvoll Erbsen in ihren blaukarierten Schoß. Sie drückt ihren braunen kleinen Daumen gegen die scharfe grüne Kante und zieht ihn an der Schote hinunter. Die kleinen grünen Kugeln aus dem Teig formen und in die Pfanne rasseln. Wirklich ein angenehmer Klang! Wie der Regen auf dem Dach. Als sie noch ganz klein war und bei ihrer Mutter schlief, wachte sie eines Nachts auf, und es regnete stark. Der Donner erschreckte sie, und ihre Mutter tröstete sie und sang sie im Bett in den Schlaf. Und als der Blitz zuckte und das ganze Zimmer hell und gruselig war, sagte ihre Mutter zu ihr, sie solle die Augen geschlossen halten, dann würden die Blitze sie nicht beunruhigen. Also kniff sie die Augen fest zusammen, hielt die Hand ihrer Mutter und schlief ein.

Das ist so lange her! Aber wann immer irgendetwas klappert und klappert, schließt sie schnell die Augen und sieht für einen Moment das dunkle Zimmer und die quadratische weiße Bettdecke und hört ihre Mutter „Mary of Argyle" singen. Sie fragt sich, ob wir, wenn wir sterben und in den Himmel kommen, durch kleine Anblicke und Geräusche an das erinnert werden, was wir früher auf der Erde getan haben. Natürlich werden wir dort nur angenehme Dinge tun, aber sie erinnern uns vielleicht an die angenehmen Dinge hier – die Weide am frühen Morgen, wenn es so still und kühl und fast seltsam ist; die Scheune, voll mit süßen Heuhaufen, mit Musik von Tauben, durchzogen von bernsteinfarbenem Sonnenlicht, ein Feenpalast, auf dessen duftenden Diwanen man mit Sultanen und Sklavinnen sitzt und Sindbad und

Aladdin lauscht; die schattige Veranda, wo kühle weiße Milch und dunkel glänzender Lebkuchen auf den müden, mit Beeren befleckten Wanderer warten. In dem braunen Buch im Wohnzimmer steht ein Gedicht über ein kleines Mädchen, das „ihren kleinen Porringer nahm und dort sein Abendessen aß". Das Kind fühlt sich wie das kleine Mädchen, wenn es auf der Veranda isst.

Es gibt ein weiteres kleines Mädchen im braunen Buch – „ Sweet Lucy Gray". Sie denkt an Lucy, als diese in der Abenddämmerung allein nach Hause kommt, und beschleunigt ihre Schritte.

Manche bleiben bis zum heutigen Tag bestehen

Sie ist ein lebendes Kind ——

Wie viel Angst sie hätte! Nicht, dass dem Kind törichterweise beigebracht worden wäre, Angst zu haben. Nur, dass sie einfallsreich ist und genug weiß, um Angst zu haben.

In diesem Gedicht wird von einer „Münsteruhr" gesprochen. Was kann das sein? Sie verbindet es verschwommen mit der Uhr, die der Pfarrer vor der Predigt hervorholt. Aber das konnte nie zuschlagen. Wenn sie in ihrem ganzen Leben einen Wunsch frei hätte, wüsste sie, was das wäre. Eine wunderschöne goldene Uhr mit ziselierten Figuren und einem kirschfarbenen Band am Griff. Dann steckte sie es in die Taille – aber ihre Kleider waren hinten offen! Die Nachteile der Jugend sind bei gutem Gewissen offensichtlich genug, auch ohne den letzten jämmerlichen Touch. Wann kann sie eine separate Taille und einen separaten Rock haben?

Angenommen, sie würde sterben, bevor sie alt genug wird, um diesen Ruhm zu erlangen? Menschen sind gestorben, als sie jung waren – viel jünger als sie. Das kleine Waters-Mädchen starb, und sie war erst neun Jahre alt. Das Kind ging zur Beerdigung, aber nicht mit seiner Mutter. Sie schlüpfte in die Küche und lauschte an der Tür. Als sie ihrer Mutter erzählte, dass sie gegangen war, sah sie sie so seltsam an.

„Warum wolltest du gehen?" Sie sagte. Das Kind konnte es nicht sagen.

„Es hat mich zum Weinen gebracht", antwortete sie, „aber ich fühlte mich auch gut. Ich möchte, dass sie meinem Bruder sagt, dass es mir ziemlich gut geht und dass ich hoffe, dass es ihm genauso geht, wenn sie in den Himmel kommt. Glaubst du, dass sie heute Abend dort ankommt?"

Sie redeten so seltsam und so lange über ihr Verhalten bei dieser Gelegenheit, dass sie nie mehr mit ihnen über den Tod oder das Leben danach sprach. Aber sie dachte über diese Dinge nach.

Sie fragte sich, ob Mary Waters sich an den geheimen Ort erinnerte, den sie gemeinsam in einem hohlen Torpfosten geschaffen hatten. Mary Waters hatte die Angewohnheit, manchmal Dinge zu erzählen, die nicht ganz so waren, wie sie wirklich waren. Hat sie es jetzt getan? Oder hatte sie genug gelogen, um sie in die Hölle zu schicken? Denn Lügner erben die Hölle. Es ist nicht so, dass ihr diese Tatsache von anderen eingeprägt worden wäre, aber sie hat sie in der Bibel gelesen und gehört, wie sie gelesen wurde.

Es gibt seltsame Dinge in der Bibel. Man wird aufgefordert, so viele Dinge zu unterlassen, die man sowieso nie tun würde. Aber diese Dinge müssen von den Israeliten und den Pharisäern und den Hethitern und den Zöllnern getan worden sein. Meinte Gott dann, dass die Amerikaner die gleichen Gesetze einhalten müssen? Aber die Amerikaner waren frei und gleich. Sie warfen den Tee um und mit einem wilden Jubel – warte! lasst uns so tun!

Das ist Boston. Es ist still und ruhig. Die Nacht ist überall dunkel. Leise und verstohlen kommen Schritte – die Indianer! Sie versammeln sich im Schatten der Bäume und Häuser, sie schwenken jubelnd ihre Tomahawks, sie gleiten zum Kai. Auf ihrem Weg steht ein kleines Mädchen in einer blaukarierten Schürze. Sie fällt vor Angst auf die Knie.

"Rette mich!" Sie weint. Der Häuptling lacht ein schreckliches Lachen; Er hebt seinen Tomahawk – der Hund bellt laut und das Kind lässt vor lauter Angst fast die Erbsen in ihren Schoß fallen.

„Ich dachte, sie wären echt! Ich dachte, sie würden kommen!“ sie flüstert vor sich hin.

Denken wir an angenehme Dinge! Erbsen sind so klein, wenn man sie einzeln zählt! Wenn die Leute bedenken würden, wann immer sie Erbsen so schnell verschlingen, dass jede einzelne von einem armen, müden kleinen Mädchen geschält werden muss! Aber nein, sie essen sie, ohne daran zu denken, wie sie in dem kleinen engen Stuhl saß und sie in die Pfanne klapperte. Wenn sie nur reich genug wären, den Stuhl, die Erbsen und die Farm zu verlassen und in eine Stadt zu gehen! Welche Stadt? Oh, New York oder Boston oder Persien. In Persien sind die Tage voller Reichtum und die Nächte arabisch. Durch die Straßen gehen verschleierte und hübsche Frauen – spielt es für das Kind eine Rolle, dass ihre Schleier aus der mattblauen Baumwolle sind, die den Hut ihrer Mutter umgibt? Bei allen persischen Monarchen, nein! – treibende schwarze Hunde und weiße Hirschkühe, gefolgt von Sklaven mit Turbanen und grimmigen Eunuchen, mit nebligen Genien im Hintergrund. Sie betreten ein finsteres Portal – aber lasst uns so tun!

Das ist Persien. Die Straßen sind eng; Die Leute drängeln sich und drängen ein kleines Mädchen in einer blaukarierten Schürze zur Seite. Sie geht unbekannt und unbemerkt weiter. Warten! Wer ist das? Es handelt sich um einen Sklaven mit Turban und juwelenbesetztem Krummsäbel. Er verneigt sich tief.

„Mir wird aufgetragen, dir zu sagen, dass mein Herr deine Anwesenheit wünscht, schöne Jungfrau!" Das schöne Mädchen blickt ihn hochmütig an.

„Ich werde dir folgen, Sklave", sagt sie. Sie gehen weiter zu einer niedrigen, schmalen Tür. Der Sklave sagt ein Zauberwort und die Tür schwingt auf. Durch einen langen Gang und eine große Halle gehen sie. Auf ihnen bricht ein Lichtstrahl aus. Blumen erfüllen die Luft mit einem unheimlichen Duft. Goldene Kelche und Rubinkrüge stehen auf silbernen Tabletts mit „getrockneten Früchten, Kuchen und Süßigkeiten, die Appetit auf Trinken machen". Hübsche Sklavinnen führen die Jungfrau zum Bad und kleiden sie in reiche und kostbare Gewänder. Sie setzen sie auf einen goldenen Stuhl und geben ihr eine Schale mit Saatperlen zum Auffädeln. (Das sind die Perlen.) Sie hebt ihren schönen Kopf und sagt mit silberner Musikstimme: „Wo ist dein Meister?"

„Herrin", sagt einer der Sklaven und verbeugt sich tief, „er kommt." Sie hört die Schritte des nahenden Prinzen; sie wagt es nicht, den Blick zu heben. Wie wird er aussehen? Welches Geschenk wird er mitbringen? Sie versenkt ihre Hände tief in den Perlen. Ach, was ist das? Ein toller süßer Zweig fällt in die Pfanne.

„Deine Oma will die Erbsen!" sagt der Prinz in freundlicher Zurechtweisung. Ach! Und hat Haroun-al- Raschid durch seine Nase gesprochen?

Das Kind starrt ihn benommen an.

„ Das sind die Perlen. ”

„Das – das sind Perlen!" Sie sagt. „Ich ziehe sie für meinen Gürtel auf! Wünscht Eure Hoheit, dass ich diesen – diesen *Karfunkel* trage ?"

Seine Hoheit lacht laut und lange.

„Es ist ein süßer Zweig", kichert er, „und ich schätze, du solltest ihn jetzt besser aufessen." Ein Moment des Zögerns: Wird schrecklicher Zorn über diesen Schänder der besten Riten der Seele kommen oder ihm gute Gemeinschaft und Feste geschenkt werden? Sie blickt finster, sie zuckt mit den Schultern in der Schürze, sie blickt unter ihren Wimpern hervor, sie lächelt.

„Ich gebe dir die Hälfte", verkündet sie. Schließlich ist es kaum wahrscheinlich, dass der Prinz ihr beim Schälen der Erbsen geholfen hätte. Und William Searles wird es tun, wenn er nur der Hausangestellte *ist* . Vergebliche Hoffnung!

„Ich muss die Hühner umdrehen", widerspricht er. „Ich kann meine Zeit nicht damit verbringen, Erbsen zu schälen . Deine Oma sagt, wenn du sie nicht bald fertig bekommst, kannst du heute Nachmittag nicht zu Miss Salome gehen. Sie sagt, du bist ein furchtbar langsames Kind!"

Das ist der letzte Strohhalm. Das Kind erhebt sich mit wahrhaft eiskalter Würde, wenn nicht mit ihr auch der Geburtstagsstuhl in die Höhe ragen würde. „William", beginnt sie. Doch plötzlicher, als es ihrem Tonfall entspricht, sinkt sie zurück. William sitzt im Gras und zittert vor Lachen.

„Du sahst so schrecklich lustig aus, so schrecklich lustig!" er schnappt nach Luft. Das Kind hängt für einen Moment zwischen Tränen und Lachen. Dann akzeptiert sie die Situation und lacht genauso fröhlich wie der Arbeiterjunge

„Ich habe so getan, als wäre ich eine Prinzessin", erklärt sie. "ICH--"

„Ho!" entgegnet William: „Du bist nicht wie eine Prinzessin!" Du siehst sowieso nicht wie die aus, von denen du erzählst ! Warum" – während sie ihn über die Schürze hinweg anstarrt – „deine Haare sind rot, rot!" Und deine Augen sind irgendwie grün, das sind sie! Und du bist einfach voller Sommersprossen! Ich schätze, ich weiß gut genug, wie sie aussehen, und du magst sie nicht !"

Die Tränen stehen ihr in den Augen, aber sie lässt sie nicht fallen.

„Es ist mir egal, William Searles", sagt sie mutig, „ich *sehe vielleicht* sommersprossig aus, aber ich fühle mich nicht *so* !" Und es ist besser zu wissen, wie sie aussehen, als –" Aber nein! Sie ist ein ehrliches Kind mit all ihren Vorstellungen. Sie weiß, dass es besser ist, wie sie auszusehen, als etwas über sie zu wissen: zumindest besser für die Jungfrau und den Prinzen. William wartet auf den Satz. Sie beginnt von vorne.

„William Searles", sagt sie feierlich, „wäre es dir nicht lieber, wenn ich dir von diesen Prinzessinnen *erzähle , als wie sie auszusehen* ?" Williams Augen funkeln gierig.

„Wetten!" er antwortet mit Inbrunst. Das Kind seufzt erleichtert.

„Na gut", sagt sie, „dann beschwere dich nicht."

Sie ist wieder allein und nur Williams immer schwächer werdende Einladungen an die Hühner durchbrechen die Stille. Die Erbsen fliegen in die Pfanne. Angenommen, sie sollte von Miss Salome ferngehalten werden! Aber nein, das soll nicht sein. Sie freut sich auf den glücklichen Nachmittag und singt, während sie arbeitet.

Und jetzt, und jetzt ist es soweit. Das Geschirr wird abgewischt, die Katze gefüttert und der Fenchel für die lange Predigt morgen gepflückt. Sie, sie selbst, geht in ihrem neuen gepunkteten Rasen vorsichtig den Hügel hinauf zu dem großen Haus, das terrassenförmig angelegt und mit Kieswegen versehen ist. Sie klopft schüchtern an den Messingring und der große farbige Butler lässt sie ein. Er ist der einzige Hausdiener, den sie je gesehen hat, und sie verehrt ihn sehr. Er lächelt sie herablassend an, wie er nicht alle Landleute anlächelt.

„Wenn Miss vorbeikommmt", sagt er. Sie geht die mit weichem Teppich ausgelegte Treppe hinauf in das Wohnzimmer im Obergeschoss. Sie atmet immer wieder vor Glück und Staunen tief ein und macht einen kleinen Knicks vor Miss Salome.

Aus der trüben, köstlichen Dämmerung des Raumes tauchen langsam die vertrauten Schätze auf: der hochglanzpolierte Schreibtisch, das großartige Klavier, der wunderbare Service von Delft, der ein monströses Sideboard in der Ferne füllt, die Stühle, ganz aus Seide und Satin und glänzendem Holz, das tolle Bilder in vergoldeten Rahmen. Auf dem größten Stuhl sitzt Miss Salome. Wird das Kind jemals müde, ihr blasses, von Falten durchzogenes Gesicht, ihr silbernes, hochgestecktes Haar, ihre schönen, von Ringen funkelnden Hände, ihren hochmütigen Mund, ihre müden, besorgten Augen zu betrachten? Sie muss einst fast so schön gewesen sein wie Prinzessin Angelica. Aber sie lächelt so selten. Sie streckt ihre Hand aus.

„Und was ist seit letztem Samstag passiert?" Sie sagt.

Das Kind lacht vor purer Freude. Zu sprechen, zu beschreiben, eine Analyse zu wagen, nach dem Warum und Warum zu fragen, durch Gesten zu veranschaulichen, die so anschaulich sind wie ihre Rede – das ist ihr Glück. Diese Freude an Schnappschüssen zu ertragen ist viel, sie gefordert zu haben, und das einen ganzen Nachmittag lang! Hier gibt es niemanden, der Vorwürfe macht, niemand, der den Müßiggängern die Schuld gibt, niemand, der die Angemessenheit der Nachahmung in Frage stellt oder darauf besteht, dass sie in ihrem kleinen Stuhl sitzt.

Miss Salome sieht ihr zu, wie sie durch den düsteren Salon huscht, ihr rötlich-goldenes Haar schimmert mal vor dem Delfter Blau, mal vor dem polierten Mahagonischreibtisch. Sie erzählt von den Hühnern, die ihre Mutter verloren haben. Sie wandert umher, gackert nach ihrer Brut und gurrt über die zurückgekehrten Verschwender. Sie geht wie William durch den Raum – ihr lässiger Gang, ihr offener Mund, ihre gedehnte Stimme, unwiderstehlich perfekt. Sie beschreibt die Sternschnuppe, die ihr wie ein verlorener Geist vorkam, der der Trauer und der Erde verloren gegangen ist.

„Da musste ich an ‚Luzifer, Sohn des Morgens, wie bist du gefallen!' denken", sagt sie feierlich. „Ich frage mich, wie sich dieser Stern gefühlt hat, Miss Salome?"

Es entsteht eine lange Pause. Die Dame seufzt.

Dann: „Sie können gerne lesen, wenn Sie möchten", sagt sie schließlich.

Das Gesicht des Kindes errötet vor Freude. Sie rennt zu den Bücherregalen und holt ein kleines braunes Buch heraus. Sie befingert liebevoll das Baumkalb, das die kostbaren Seiten bedeckt, und öffnet sie, bevor sie ihren Stuhl findet. Sie rollt sich auf einem tollen Satinhocker zusammen und streicht die Blätter glatt. Wo ist der Bauernhof? Wo sind die Erbsen? Wo

William? Sie sind weniger als Schatten, unwirklicher als Träume. Ihre Stimme zittert, als sie beginnt:

„„Und jetzt, wenn Eure Hoheit es erlaubt, werde ich Eurer Majestät eines der überraschendsten Abenteuer erzählen, die Eure Majestät je erlebt hat –'" Ah, es ist gut, ein Kind und vollkommen glücklich gewesen zu sein.

Was wissen Kinder vom Leben, denkt sie, die mit Kreiseln, Hunden und Kätzchen spielen? Es gibt Bücher auf der Welt. Und ihnen gehören alle Länder und Meere und Völker, denen diese gedruckten Blätter gehören. Selbst Miss Salome weiß nicht so viel wie die Bücher. Sogar Miss Salome kann nicht so seltsame, wundervolle Dinge sagen. Warum ist Miss Salome so gut zu ihr? Werden sie sich im Himmel sehen? „Im Haus meines Vaters gibt es viele Wohnungen." Angenommen, sie sollte bei Miss Salome untergebracht werden? Wird es „1001 Nacht" geben? Als sie den Blick vom Buch hebt, fällt ihr Blick auf einen riesigen Pfauenfederfächer. Es leuchtet an der Wand, und die Augen weiten sich und zittern und befriedigen ihre hungrige kleine Seele mit der Farbe, die sie liebt. Auf einem kleinen Tisch neben ihr steht ein Schrank aus Sandelholz. Sein schwach süßlicher Geruch vermischt sich mit den Gewürzen und Gummis der Geschichte, und sollte ein Genie aus der Decke springen und sich vor ihnen zu Boden verneigen, wäre sie nicht überrascht.

Mit einem Freudenseufzer lässt sie die Prinzessin los und überlistet den bösen Geist.

„'Und wenn Ihre Majestät nun Lust hätte, sich die Geschichte des Fischers anzuhören –'"

„Das reicht", sagt Miss Salome. "Bist du müde?" Die Augen des Kindes antworten ihr.

„Dann singe für mich."

„Was soll ich singen?" sagt das Kind. „'Lord Lovell'"?

„Wenn Sie möchten", antwortet Miss Salome.

Das Kind erhebt sich und stellt sich vor den großen Stuhl. Ihr Gesicht ist erhoben und ernst. Sie kennt nur Balladen, aber für sie sind sie Oper und Symphonie in einem. Sie faltet ihre Hände und beginnt:

Lord Lovell, er stand an seinem Burgtor,

Er kämmt sein milchweißes Ross,

Als Lady Nancy Bell herauskam,

Um ihrem Geliebten alles Gute zu wünschen ,

Ihre Stimme klingt wahr wie eine Glocke. Miss Salome lächelt das eifrige kleine Gesicht an.

Sie trägt sie durch schicksalhafte Verse und lässt ihre Stimme am traurigen Ende unbewusst sanfter und trauriger werden

Miss Salome applaudiert kräftig.

„Noch eins", bettelt sie.

Das Herz des Kindes wird vor Glück groß. Dass sie es so liebt und doch andere damit erfreut! Es ist zu viel Freude. Sie wird heute Abend ein besonderes Gebet sprechen und Gott danken, ebenso wie ihre Großmutter, für die unerwartete Gnade.

„Ich werde singen: ‚Komm mit deiner Laute'", sagt sie. Es ist eine urige, altmodische Melodie, und ihre Stimme hebt und senkt sich und greift nach den Noten mit einem fast erbärmlichen Gefühl für deren Schönheit:

Komm mit deiner Laute zum Brunnen,

Sing mir ein Lied vom Berg,

Singe von den Glücklichen und Freien: –

Sie blickt auf die hübsche Dame im weißen Satinkleid im tollen Goldrahmen vor sich. Wie schön muss sie gewesen sein! Sie starb, als sie noch sehr jung war. Ihr Mann erschoss sich vor Trauer um sie. Vielleicht hat sie ihm dieses Lied vorgesungen – wer weiß? Das Kind würgt und schluckt am Ende des Liedes seine Tränen herunter, und als es Miss Salome ansieht , sieht sie, dass auch ihre Augen voller Tränen sind.

„Oh, ich habe dich zum Weinen gebracht! Es tut mir leid – so leid!"

Miss Salome wischt sich die Augen.

„Wenn ich meine Gäste unzufrieden mache, werden sie nicht wiederkommen", sagt sie. „Ring für Peter, liebes Kind." Also klopft das Kind an die Glocke, und Petrus kommt ernst mit dem schönen Silbertablett herein, und vor Freude vergisst das Kind das Lied und das Bild. Miss Salome schneidet den dunkel gefrosteten Kuchen an, verteilt den in Sirup schwimmenden kandierten Ingwer auf Glasteller und gießt Tassen mit echtem Tee ein. Und der Feenprinzessin wird ein Bankett serviert, das ihren Träumen würdig ist. Oh, endlich in Miss Salomes Villa zu sein!

Die Uhr schlägt halb sechs. Der Himmel ist vorbei. Sie streicht die Krümel zu einem kleinen Häufchen auf ihrem Teller mit Goldrand.

„Ich muss jetzt gehen, denke ich", sagt sie mit sichtlicher Anstrengung. Ihre Gastgeberin lächelt.

„Aber du kommst nächste Woche?" Sie fragt. Und das Gesicht des Kindes leuchtet auf.

"Oh ja! Ich werde ganz *sicher* nächste Woche kommen ", antwortet sie mit Nachdruck. Also geht sie zu Miss Salomes Stuhl, und die schöne, beringte Hand hebt ihr Gesicht und streichelt ihre kleine sommersprossige Wange.

„Auf Wiedersehen, mein Sonnenschein!" Sie sagt. Das Kind ergreift in liebevoller Anbetung die Hand und küsst sie.

„Ich werde William Searles nie wieder böse sein, nie!" Sie weint. „Ich werde
zu allen gut sein – auch zu dummen Menschen!" Miss Salome kneift sich in
die Wange und lacht.

Und das Kind geht hin und her die Stufen der Terrasse hinunter, verzückt,
staunend, emporgehoben zu einem Höhepunkt der Liebe und Bewunderung,
der seine kleine Seele auf ihrem süßesten, höchsten Höhepunkt hält – ach,
messen Sie nicht die Zeit, ich flehe Sie an! Wie lange bleiben bei den älteren
Kindern das Leuchten und die Röte erhalten? Sie können nur sagen: „Es wird
noch einen geben!" und warte so gut und geduldig wie möglich darauf.

Das Kind geht zurück in das Alltagsleben, bestickt sein trübes Netz mit
Pfauenaugen, saugt den Duft von Sandelholz hinein und lässt es im Einklang
mit urigen und süßen Balladen weben. Doch sie hat unwissentlich einen
winzigen scharlachroten Faden des Glücks in das Netz eines anderen
aufgenommen, der sich durch das angelaufene Silbergewebe webt und das
Muster segnet, während es wächst. Und der Meister der Webstühle hat alles
geplant.

ARDELIA IN ARKADY

„ Sorten Müll wegwerfen. ”

Als die junge Dame aus der College-Siedlung Ardelia zum ersten Mal aus ihrer Erniedrigung riss – sie saß auf einem schmutzigen Bürgersteig und warf verschiedenen Müll auf einen bewusstlosen Polizisten –, war ihr wie vielen ihrer Kameraden im Elend überhaupt nicht bewusst, aus welcher Grube sie stammte gegraben . Es war ihr nie in den Sinn gekommen, dass ihre Situation alles andere als kultiviert war, und obwohl es ihr, wie den meisten von uns, nicht gelungen war, ihre kühnsten Glücksideale zu verwirklichen, unterschied sie sich in dieser Hinsicht kaum von der jungen Dame, die sie gerettet hatte .

„Komm her, kleines Mädchen“, sagte die junge Dame einladend. „Möchtest du nicht mitkommen und ein schönes, kühles Bad nehmen?“

„ Nein “, sagte Ardelia in einem Tonfall, der an Kühle mit dem Bad mithalten konnte.

„Das würdest du nicht? Möchtest du nicht etwas Brot, Butter und Marmelade?“

„ Was gibt es Marmelade?“ sagte Ardelia konservativ.

„Na ja, es ist – ähm – Marmelade“, erklärte die junge Dame. „Alles süß, wissen Sie.“

„ Nein !" und Ardelia wandte sich ab und befingerte den Müll mit einer Endgültigkeit, die die junge Dame verärgert seufzen ließ.

„Ich dachte, du möchtest vielleicht ein Picknick machen", sagte sie hilflos. „Ich dachte, alle kleinen Mädchen mögen –"

"Picknick? Wann?" rief Ardelia und war sofort interessiert. „Ich gehe !"

Sie wischte den Müll von ihrem Kleid – Ardelia gehörte zu der emanzipierten Klasse von Frauen, die die sinnlose Vervielfältigung weiblicher Kleidungsstücke missbilligten, und trug selbst nur eines – und betrachtete ihre Retterin ungeduldig.

"Was ist los?" Sie fragte. „Ich bin bereit . Buckel mit!"

„Wir werden zuerst deine Mutter fragen, nicht wahr?" schlug die junge Dame vor, die über diese plötzliche Änderung ihrer Einstellung etwas verwirrt war.

„Zackig", erwiderte Ardelia lakonisch. „Sie würde dein Gesicht von dir heben ! Ist es das Dago-Picknick?"

Die junge Dame schauderte, ergriff die Hand, die ihrer Meinung nach am wenigsten mit dem Müll zu tun hatte, und führte Ardelia weg – die erste Etappe ihrer Reise nach Arcady.

Der Ursprung von Ardelia war ebenso wie der der Zivilisation des alten Ägyptens von Geheimnissen umgeben. Im Alter von zwei Monaten war sie von einem verängstigten Jungen einem Polizisten übergeben worden, der vage sagte, er habe sie im Park unter einer Bank gefunden. Der Polizist hatte sie zu den anderen Findelkindern gesellt, die an diesem Tag im Hauptquartier warteten, und sie zur Oberin der Einrichtung getragen, die sich um sie kümmerte. Um den Hals des anderen Babys hing eine Medaille der Heiligen Jungfrau, und an ihrem Flanellunterrock war ein Zettel mit der Aufschrift „Mary Katharine" befestigt. Der unparteiische Befehl der Anstalt übergab daher Ardelia, die überhaupt kein Etikett trug, an die protestantischen Herden, und eine der Wäscherinnen gab ihr einen Namen.

Später hatte sie ihren Wohnsitz bei Mrs. Michael Fahey bezogen, die sich bereit erklärt hatte, ihr prekäres Einkommen auf diese Weise aufzubessern, und im Alter von vier Jahren wurde sie die offizielle Krankenschwester von Master John Sullivan Fahey. Ein furchtbar heißer August, unbegrenzt kalter Tee und die Angewohnheit, im gleißenden Mittagslicht in der Dachrinne zu spielen, erwiesen sich als zu viel für ihren Schützling, und er starb an seinem dritten Geburtstag. Die Fahrt zur Beerdigung war das aufregendste Ereignis in Ardelias Leben. Jahrelang datierte sie davon. Mrs. Fahey hatte sie schon so lange als ein Mitglied der Familie betrachtet, dass sie, obwohl ihr Beruf nicht mehr bestand und ihre Verpflegung nicht mehr bezahlt wurde, bei den regelmäßigen Amokläufen ihrer Pflegemutter genauso regelmäßig ausgepeitscht und so umfassend verflucht wurde, als ob sie es wäre war eng miteinander verbunden.

Welche Zeit sie übrig hatte, um Mrs. Fahey bei ihrer etwas lockeren Hausarbeit zu helfen und Besorgungen zu machen, um den stets hoffnungsvollen Arbeitgebern dieser Dame mitzuteilen, dass es ihrer Mutter heute nicht gut ginge, aber würde es genügen, wenn sie morgen käme? Ardelia verbrachte ihre Zeit damit, mit einer Gruppe kleiner Mädchen die Straße auf und ab zu spielen oder, an den heißesten Tagen, schläfrig und rachsüchtig am Kopf einer Steintreppe zu sitzen, die in einen Saloon im Erdgeschoss führte. Die feuchte, flache, mit Bier gesüßte Luft, die herausströmte, als die Männer die Schwingtüren aufstießen, war kühl und erfrischend für sie; Sie war in der Lage, mögliche Kunden an den drei Schubkarren in ihrem Blickfeld zu beobachten, und konnte ein nachlassendes Interesse am Leben wecken, indem sie den Auseinandersetzungen zuhörte, die Tag und Nacht aus den Mietskasernen erklangen . Unaufhörlich klapperten Wagen über den Bürgersteig, Straßenhändler schrien, scharfe Gongs untermalten den stetigeren Lärm. Fast immer war ein Polizist in Sicht, und einer von ihnen, Mr. Halloran, hatte ihr mehr als einmal einen Penny für Limonade gegeben. Im Raum über ihrem Kopf übte jeden Abend eine italienische Band, und dann war Ardelia vollkommen glücklich, denn sie liebte Musik. Bevor die Band begann, stellte sich oft eine Drehleier an die Ecke, und Ardelia und die anderen kleinen Mädchen tanzten einzeln und zu zweit umher, riefen die Melodien, die sie kannten, und freuten sich über die vergleichsweise Kühle und die im Allgemeinen unbeschwerte Atmosphäre Atmosphäre. Ardelia war die Leichtfüßigste von allen; Ihre Hände hielten ihre Röcke fast anmutig, ihre dünnen Beinchen flogen nach oben. Manchmal nickte der Wirt des Saloons – sie nannten ihn „Old Dutchy" – zustimmend, während Ardelia hüpfte und tänzelte, und winkte sie geheimnisvoll zu sich.

„Du machst deine Beine toll ", würde er sagen. „Wir werden dich schon tanzen sehen, nicht wahr? Hier ist ein Olluf ; iss sie."

Und Ardelia, die Oliven bis zur Ablenkung liebte, knabberte kleine, saure, salzige Bissen ab und lutschte genussvoll am Kern, während sie der italienischen Band zuhörte.

Abgesehen von Mrs. Faheys Besorgungen, die sie nie weit von der Straße wegführten, hatte Ardelia sie noch nie in ihrem Leben verlassen, und ihre Reise zum Siedlungshaus war für sie von Interesse. Sie war ein schweigsames Kind, bis auf gelegentliche Anfälle, in denen sie mit den kleinen Mädchen auf der Straße plapperte und plauderte; und obwohl sie nicht verstand, warum die junge Dame aus der Siedlung weinte, als sie sie zwei anderen Damen vorstellte, noch warum so viele Nachrichten für ihre Mutter hinterlassen und so viele lokale und allgemeine Bäder verabreicht wurden, sagte sie sehr wenig. Sie war es nicht gewohnt, das Schicksal in Frage zu stellen, und als es ihr zwei Spiegeleier – sie weigerte sich, sie gekocht zu essen – zum Frühstück schickte, platzierte sie sie stillschweigend in der Kreditspalte, im Gegensatz zu den Bädern, und schwieg.

Später wurde sie, gekleidet in gestärkte und knarrende Kleidungsstücke, die für ein etwas kleineres Kind angefertigt worden waren, zum Bahnhof transportiert und dort zum ersten Mal einem Eisenbahnwaggon vorgestellt. Sie saß steif auf dem roten Plüschsitz mit verstohlenem Blick und zusammengezogenen Lippen, während die junge Dame beruhigend von Gänseblümchen, Kühen und grünem Gras sprach. Da Ardelia noch nie etwas davon gesehen hatte, ist es kaum verwunderlich, dass sie einigermaßen lustlos war; aber die junge Dame war von diesem Mangel an Begeisterung enttäuscht. Sie war vom wesentlichen Recht jedes Kindes auf ein gesundes Leben auf dem Land so überzeugt, dass sie fast geneigt war, Ardelia die Schuld dafür zu geben, dass sie ihre überaus glaubwürdige Überzeugung nicht teilte.

„Du kannst die Gänseblümchen einrollen, mein Lieber, und alles auswählen, was du willst – alles!" sie drängte eifrig. Aber in Ardelias Augen erwachte kein antwortender Glanz.

„Ach ja", antwortete sie vorsichtig und starrte in ihren Schoß.

„Pass auf, Liebling, und sieh dir die Felder und Häuser an – sieh dir diesen hübschen Hund an und sieh dir den kleinen Teich an!"

Ardelia warf einen kurzen Blick auf das verschwimmende Grün, das sie schwindlig machte, als es vorbeiraste; Der Zug war ein schneller Schnellzug, der die verlorene Zeit wettmachte. Dann widmete sie sich mit finsterer Miene wieder der Betrachtung ihres gestärkten karierten Schoßes. Der drückend heiße Tag und die schnelle, ungewohnte Bewegung erfüllten sie mit einer seltsamen inneren Vorahnung künftigen Leids. Als sie letzten Sommer einmal den flüssigen Rest aus der großen Dose des Eismanns aß und in dem Zimmer einschlief, in dem ihre Mutter Zwiebeln briet, hatte sie dieselbe Vorahnung erlebt, und der Höhepunkt dieses schrecklichen Tages blieb noch in ihr zurück Erinnerung. Also biss sie die Zähne zusammen und wartete mit stoischer Ergebung auf das Ende, während die junge Dame von grünen Feldern plapperte und sich fragte, warum das Kind so mürrisch sein sollte. Schließlich besiegte sie ihr Heimweh und gewann ihren Glauben an die menschliche Natur zurück.

Schließlich hörten sie auf . Die junge Dame ergriff ihre Hand und führte sie durch den schmalen Gang, die steilen Stufen hinunter, über den kleinen Bahnsteig des Landbahnhofs, und Ardelia war in Arcady.

Ein barbeiniger Junge in einem blauen Overall und einem breiten Strohhut fuhr sie dann viele Meilen über eine heiße, staubige Straße, die sich endlos durch die ausgedörrten Felder des Landes schlängelte. Auf die Bemerkung der jungen Dame, dass sie dringend Regen brauchten, antwortete er: „Ja!" und schwieg für die folgende Stunde. Gelegentlich kamen sie an einem anderen Pferd vorbei, aber zumeist war der einzige Anblick oder das einzige Geräusch des Lebens von den Hühnern zu hören, die wütend gackerten, während die Reisenden sie aus ihren Staubbädern auf der pulvrigen Straße trieben. Ardelia war von ihrem Schrecken vor der Vorahnung befreit und interessierte sich offensichtlich mehr für ihre Situation. Sie hätte vielleicht gesprochen, wenn ihre Anstandsdame das Gespräch eröffnet hätte; aber die junge Dame war dieser Bemühungen überdrüssig, neigte wegen der blendenden Hitze zu Kopfschmerzen und neigte überhaupt zum Schweigen. Schließlich bogen sie in eine Auffahrt ein und hielten vor einem grauen Holzhaus. Ardelia war vom Stillsitzen verkrampft, denn sie hatte ihre Position nicht verändert, seit sie steif auf dem Sitz zwischen ihren Mitpassagieren saß. Sie wurde heruntergehoben und über den Kiesweg zur Veranda begleitet. Eine hagere, dunkeläugige Frau in einer karierten Schürze kam ihnen entgegen.

„Heute ist es furchtbar heiß, nicht wahr ?" Sie seufzte. „Ich freue mich wirklich, Sie zu sehen, Miss Forsythe. Würdest du dich nicht etwas abkühlen, bevor du weitermachst? Das ist das kleine Mädchen, nehme ich an . Ich schätze, es ist ziemlich cool für das, was *sie* gewohnt ist, nicht wahr, Delia?"

„Nein, ich danke Ihnen, Mrs. Slater, ich gehe gleich zum Haus. Nun, Ardelia, hier bist du auf dem Land. Ich wohne bei meinem Freund in einem großen weißen Haus, etwa eine Viertelmeile weiter. Von hier aus kann man es nicht sehen, aber wenn Sie etwas wollen, können Sie einfach rübergehen. Übermorgen findet das Picknick statt, von dem ich dir erzählt habe. Dann wirst du mich auf jeden Fall sehen . Laufen Sie jetzt direkt ins Gras und pflücken Sie alle Gänseblümchen, die Sie möchten. Hab keine Angst; Niemand wird dich von *diesem* Gras vertreiben!"

„' Häh? '"

ungemähten Seitenhofs hinausging, und schritt gehorsam nach unten und drehte sich um, als sie in der Nähe war genaue Mitte des Grundstücks, für weitere Bestellungen.

„Jetzt wähle sie aus! Pflücke die Gänseblümchen!" rief Miss Forsythe aufgeregt. "Ich möchte dich sehen."

Ardelia sah ausdruckslos aus.

„Häh?" Sie sagte.

„Sammelt sie. Holen Sie sich einen Haufen. Oh, du armes Kind! Mrs. Slater, sie weiß nicht wie!" Miss Forsythe war zutiefst berührt und illustriert, als sie imaginäre Gänseblümchen auf der Veranda pflückte. Ardelias schnelle Augen folgten ihren Gesten, und sie bückte sich, schaufelte die Köpfe von drei Gänseblümchen ab und machte sich mit ihnen auf den Weg, wobei sie misstrauisch in die Tiefen des dichten Grases starrte, während sie sich durch das Gras drängte. Miss Forsythe keuchte.

„Nein, nein, Schatz! Zieh sie hoch! Nimm auch den Stiel", erklärte sie. „Pflück die ganze Blume!"

Ardelia bückte sich erneut, zerrte an einem dickstieligen Kleeblatt, hob es an den Wurzeln hoch, fand mit Mühe das Gleichgewicht wieder und attackierte ein benachbartes Gänseblümchen. Dabei schnitt sie sich in die Hände, saugte wütend das Blut aus, schnappte sich eine Handvoll grobes Gras, pflügte durch das Gewirr um ihre Füße und legte die Beute unbeholfen auf den Schoß der jungen Dame.

Miss Forsythe starrte auf die schmutzigen Wurzeln, die ihren Leinenrock befleckten, und seufzte.

„Danke, Liebes", sagte sie höflich, „aber ich habe sie für dich gemeint. Ich wollte, dass du einen Haufen hast. Willst du sie nicht?"

„ Nein !" sagte Ardelia entschieden, pflegte ihre verletzte Hand und trat erleichtert auf den glatten Boden der Veranda.

Miss Forsythes Augen leuchteten plötzlich auf.

„Ich weiß, was du willst", rief sie, „du bist durstig! Mrs. Slater, würden Sie uns nicht etwas von Ihrer guten, cremigen Milch bringen? Willst du nicht etwas trinken, Ardelia?"

Ardelia nickte. Sie fühlte sich sehr müde und der Glanz der Sonne schien sich von allem in ihren benommenen Augen zu spiegeln. Als Mrs. Slater mit den schäumenden gelben Gläsern erschien , legte sie ihre nervösen kleinen Hände um den Stiel des Kelchs und begann einen kräftigen Schluck. Es gefiel ihr nicht, es war schwer zu schlucken und ihr Instinkt warnte sie, damit nicht weiterzumachen; Doch der große Durst eines langen Morgens – Ardelia war es gewohnt, häufig zu trinken – drängte sie weiter, und die eisige Kälte ermöglichte es ihr, das Glas auszutrinken. Sie gab es mit einem tiefen Seufzer zurück. Die junge Dame klatschte in die Hände.

"Dort!" Sie weinte. „Nun, wie gefällt dir echte Milch, Ardelia? Ich erkläre, du siehst schon wie ein weiteres Kind aus! Sie können jeden Tag alles haben, was Sie wollen – warum, was ist los?"

Denn Ardelia wurde vor ihnen gespenstisch blass; Ihr Blick richtete sich nach innen, ihre Lippen wurden schmaler. Ein blendendes Entsetzen stieg ihr von den Zehen aufwärts, und die Erinnerung an das flüssige Eis und die Bratzwiebeln verblasste angesichts der schrecklichen Realität ihrer gegenwärtigen Qual.

Später, als sie schlaff und bleich auf dem rutschigen Sofa in Mrs. Slaters muffigem Wohnzimmer lag, hörte sie, wie sie über ihre Situation diskutierten.

„Bei Mis' Simms waren viele Fresh-Air-Kinder", erklärte ihre Gastgeberin, „und fast alle sagten , die Milch sei zu stark – haben Sie das jemals getan? Zwei oder drei von ihnen waren krank, so wie dieser, aber nach kurzer Zeit haben sie es geliebt. Das wird sie auch."

Ardelia schüttelte schwach den Kopf. Sie hatte ihre Lektion gelernt. Wenn der Erfolg, wie uns gesagt wird, nicht darin besteht, Fehler zu unterlassen, sondern darin, denselben Fehler nicht zweimal zu machen, war Ardelias Behandlung der Milchfrage überaus erfolgreich.

Nach einer Weile ging Miss Forsythe weg, und auf ihren dringenden Vorschlag hin kam Ardelia heraus und setzte sich auf die Veranda im Schatten eines schwarzen Regenschirms. Sie saß regungslos da und starrte ins Gras, verloren in der Verzückung des Inhalts, die einer solchen Krise wie ihrem jüngsten Elend folgt, und vergaß all ihre irdischen Nöte in der gesegneten Gewissheit ihrer gegenwärtigen Ruhe. Nach ein paar Minuten war sie eingeschlafen.

Als sie aufwachte, befand sie sich an einem seltsamen Ort. Außerhalb des Regenschirms herrschte Dämmerung und Schatten. Nur ein quadratischer weißer Nebel füllte die Scheune, die hohen Bäume ragten undeutlich in den dunklen Himmel, und es gab nur wenige Sterne. Als sie halb erschrocken um sich blickte, kam ein seltsames Klirren immer näher, und ein großes Tier mit schwingenden Seiten, fürchterlich keuchend, rannte ungeschickt vorbei, gefolgt von einem barbeinigen Jungen, dessen stampfende Füße auf dem ausgetretenen Pfad laut klangen . Ardelia schrumpfte mit einem Schrei an der Wand, der Mrs. Slater auf ihre Seite brachte.

„Da, da, Delia, es ist nur eine Kuh. Sie wird dir nicht weh tun. Sie gibt die Milch –" Ardelia schauderte – „ und auch die Butter. Hier ist etwas Brot und Butter für Sie. Wir haben zu Abend gegessen, aber ich dachte, der Schlaf würde dir mehr nützen .

Immer noch erschüttert von dem Schock dieses keuchenden, haarigen Tieres streckte Ardelia ihre Hand nach dem Brot und der Butter aus und aß es gierig. Dann streckte sie ihre verkrampften Glieder und blickte über den Regenschirm. Auf der Veranda saß ein bärtiger Mann in Hemdsärmeln und Strümpfen, den Kopf gegen den Stuhl zurückgeworfen, den Mund offen. Er schnarchte hörbar. Zurückgelehnt in einem anderen Stuhl, die Füße erhoben und gegen eine der Stützen des Verandadachs gedrückt, saß ein jüngerer Mann. Er schlief nicht, denn er rauchte eine Pfeife, aber er war ebenso regungslos wie der andere. Zusammengerollt auf der Treppe lag der Junge, der sie vom Bahnhof gebracht hatte. Gelegentlich tätschelte er einen Mischlingscollie neben sich und reckte sich gähnend, aber er sagte kein Wort.

„Das ist Mr. Slater", sagte die Frau leise, „und der junge Mann ist mein ältester Sohn, William. Henry hat dich im Team großgezogen. Sie sind den ganzen Tag draußen auf dem Feld und werden ziemlich müde. Gegen Abend wird es hier draußen schön kühl , nicht wahr?"

Sie lehnte sich zurück und wiegte sich lautlos hin und her , und Ardelia wartete auf die Ereignisse des Abends. Es gab keine. Sie fragte sich, warum in dieser düsteren Dunkelheit das Gas nicht angezündet wurde und warum die Leute nicht mitkamen. Sie fühlte sich verängstigt und einsam. Nachdem ihr Magen nun gefüllt und ihre Nerven durch den langen Schlaf erfrischt waren, war sie in der Lage zu erkennen, dass sie, abgesehen von allen körperlichen Beschwerden, traurig war – sehr traurig. Eine neue, unbekannte Depression belastete sie. Es wuchs stetig, etwas geschah, etwas Konstantes und Trauriges – was? Plötzlich wusste sie es. Es war ein stetiges, wiederkehrendes Geräusch, ein summendes, monotones Klicken. Mal stieg es, mal sank es und verstärkte die dichte Stille, die es umgab.

„ *Zick-a-zick! Zick-a-Zick!* " dann eine Pause.

„ *Zick-a-zick! Zick-a-zig-a-zig!* "

Sie sah Mrs. Slater unruhig an. „ Was ist da?" Sie sagte.

"Das? Oh, das sind Katydiden. Ich nehme an , Sie haben sie noch nie gehört , das ist eine Tatsache. Irgendwie gemütlich, finde ich. Gefallen sie dir nicht ?"

„ Nein ", sagte Ardelia.

Wieder trat ein langes Schweigen ein. Der Schaukelstuhl schwankte hin und her, und Mr. Slater schnarchte. Kleine helle Augen leuchteten und verschwanden, mal hoch, mal tief, vor der Dunkelheit. Man wird nie erfahren, ob Ardelia sie für defekte Gaslampen hielt oder für die blinkenden, wechselnden elektrischen Schilder, die der Nachtwerbung ihrer Heimatstadt Farbe verleihen, denn im Gegensatz zu allen fiktiven Präzedenzfällen erkundigte sie sich nicht mit Interesse, was das sei. Eigentlich war es ihr egal.

Nach einer halben Stunde der Katydiden sprach William.

„Nick Damon hilft heute im Süden ", bemerkte er.

"War er?" fragte seine Mutter und hielt beim Schaukeln einen Moment inne.

"Ja."

Wieder rauchte er, und das monotone Geschrei war ununterbrochen.

„ Zick-a-zick! Zick-Zick! Zick-a-zig-a-zig! "

Langsam, vor dem Hintergrund dieses maschinenartigen Klickens, erklangen andere Geräusche, seltsam, unglücklich, weit entfernt.

„ Whep , whiep , whiep !" "

Das war ein hohes, dünnes Weinen.

„ Besen ! Brrroom ! Besen! "

Das war leise und klangvoll und feierlich. Ardelia runzelte die Stirn.

„ Was ist da?" sie fragte noch einmal.

„Das sind die Frösche. Ochsenfrösche und Peeper. Habt ihr sie auch noch nie gehört, oder? Nun ja, das sind sie."

William nahm seine Pfeife aus dem Mund.

„Komm her, Weichei, dann erzähle ich dir eine Geschichte", sagte er träge.

Ardelia gehorchte, warf einen ängstlichen Blick in die Schatten und schlüpfte an seine Seite.

„ Es war einmal ein alter Kerl , der spät in der Nacht lange Grundstücke entlangkam, an einen Teich kam, freundlich stehen blieb und sich sagte: ‚Ich frage mich, wie tief der alte Kerl ist ' . Teich ist jedenfalls?' Er war nur ein Trottel – na ja, er hatte einen Tropfen zu viel getrunken, wissen Sie –"

„Hatte was?" unterbrach Ardelia.

„Er drehte sich irgendwie herum – er wusste nicht genau, was er *war* tue '——"

"Oh! Gezackt!" sagte Ardelia verständnisvoll.

"Ich denke schon. Und er hörte eine Stimme singen : „Knietief *!*" Knietief !
_ Knietief ! ‘"

William ahmte die Spanner verblüffend nach: Seine Stimme war ein hohes,
schrilles Jammern.

„„Oh, na ja‘, sagt er, „wenn es nur knietief ist, werde ich durchwaten", und
er fängt an.

„In diesem Moment hört er einen großen Kerl singen : ‚Besser geh *umher*! ‘
Gehen Sie lieber *um ! besser- ground*!‘"

William ließ einen vibrierenden Basston erklingen, der die Ochsenfrösche
selbst erschreckte.

"'Herr!' Sagt er: „Ist es so tief?" Dann gehe ich mal vorbei.‘ Und schon
beginnt er herumzulaufen.

„‘ *Knietief! Knietief! Knietief!* ‘ sagen die Spanner.

„Und da war es. Bald würde er anfangen, das eine zu tun , und sie würden
ihm etwas anderes sagen. Er kam zu dem Entschluss, dass er es nicht konnte,
also steht er immer noch da, sagen sie, und fragt sie jeden Abend , was er
besser tun sollte."

„Steht wo?" Ardelia blickte ängstlich hinter sich.

„Oh, ich weiß . Draußen in diesem Sumpf, vielleicht .

Wieder rauchte er und der jüngere Junge kicherte.

Die Zeit verging. Für Ardelia könnten es Minuten, Stunden oder
Generationen gewesen sein. Eine unaussprechliche Langeweile, eine
Langeweile , die bis in die Tiefen ihrer Seele traf, erfasste sie. Ihre Muskeln
zuckten vor Nervosität. Ihre Füße schmerzten und brannten in den steifen
Stiefeln.

Plötzlich hustete Mr. Slater und stand auf. „Nun, ich schätze, ich gehe jetzt
ins Bett", sagte er. "Kommt schon Jungs. Hallo kleines Mädchen! Kommen
Sie uns besuchen, hey? Passen Sie auf, dass Sie keine Giftrebe pflücken."

Er schlurfte ins Haus und die Jungen folgten ihm schweigend. Mrs. Slater
führte Ardelia nach oben in ein kleines, heißes Zimmer und sagte ihr, sie solle
schnell ins Bett gehen, denn die Lampe lockte die Mücken an.

Ardelia streifte ihre Schuhe ab und näherte sich misstrauisch dem Bett. Es
sank mit ihrem Gewicht nach unten und roch heiß und seltsam. Sie rollte
davon, streckte sich auf dem Boden aus und lag trostlos da. Scharfe, schnelle
Stiche der umherschwirrenden Mücken versetzten sie in Wut; Sie warf sich

hin und her und schlug mit Ausrufen auf sie ein, die Mrs. Slater schockiert hätten. Das ewige Geplapper der Katydiden machte sie wahnsinnig. Sie konnte nicht schlafen. Über den Sumpf ertönte das Jammern der Spanner.

„ Knietief! Knietief! Knietief! "

Zu Hause spielte die Drehleier, die Frauen schwatzten auf jedem Schritt, die Lichter waren überall – die gesegneten, furchtlosen Gaslichter – die kleinen Mädchen tanzten in der Brise, die vom East River wehte, Old Dutchy gab Maggie Kelly eine oliv; – Ardelia gab einer Mücke heftig einen Schlag auf ihre heiße Wange, hörte, wie ein großer Junikäfer durch das locker wehende Netz ins Zimmer flatterte, brach vor Schmerz und Angst in Tränen aus und wickelte ihren Kopf fest in ihren karierten Rock.

Am Morgen kam Miss Forsythe in Begleitung einer anderen jungen Dame vorbei, um sich nach dem Gesundheitszustand ihres Schützlings zu erkundigen.

„Wie geht es dir, meine Liebe?" sagte die neue Dame freundlich. „Wie schrecklich haben dich die Mücken gestochen! Warum bleiben Sie im Haus und vermissen die schöne frische Luft? Schau dir dieses große Gänseblümchen-Feld an – weiß sie, dass sie alles pflücken kann, was sie will, das arme kleine Ding? Ich nehme an, sie hatte nie eine Chance! Komm mit mir raus, Ardelia, und lass uns sehen, wer den größten Haufen auswählen kann."

Und Ardelia, gestärkt durch Schinken und Eier, ging unbeirrt ins Gras und griff lautlos die Gänseblümchen an.

In der Mitte ihrer Gruppe blieb die neue junge Dame stehen. „Na, Ethel, sie ist doch nicht barfuß!" Sie weinte. „Komm her, Ardelia, und zieh direkt deine Schuhe und Strümpfe aus. Schuhe und Strümpfe auf dem Land! *Jetzt* wissen Sie, was Komfort ist", während sie auf der Veranda schnell die Stiefel aufschnürte.

„Oh, sie war in der Stadt barfuß", erklärte Miss Forsythe, „aber das wird natürlich anders sein."

Und so war es auch, aber nicht in dem Sinne, wie sie es beabsichtigt hatte. Mit bloßen Beinen auf dem klaren, sicheren Bürgersteig herumzutrappeln, war eine Sache; Sich ungeschützt in dieses wogende, stolpernde Gewirr zu wagen, war eine andere Sache. Sie trat vorsichtig auf das kurze Gras in der Nähe des Hauses und tastete sich mit zusammengekniffenen Kiefern und schmalen Lidern in das höhere Gewächs vor. Die Damen klatschten wegen ihres Glücks und ihrer Freiheit in die Hände. Plötzlich blieb sie stehen, sie schrie, sie kratzte mit ausgestreckten Fingern in der Luft. Ihr Gesicht war grau vor Angst.

"Oh Jesus! Oh Jesus!" Sie schrie.

„Was ist, Ardelia, was ist?" Sie riefen und hoben mitfühlend ihre Röcke: „Eine Schlange?"

Mrs. Slater stürzte hinaus, packte Ardelia, halb steif vor Angst, und trug sie zur Veranda. Während sie dasaß, die Füße unter sich und mit einer Hand krampfhaft Mrs. Slaters Schürze umklammernd, entlockten sie ihr, dass etwas „unten unten" an ihr vorbeigerauscht sei, dass es rutschig sei, dass sie darauf getreten sei und es tun wollte nach Hause gehen.

„Kröte", erklärte Mrs. Slater kurz. „Nur eine kleine Hopfenkröte, Delia, das würde einem Baby nicht schaden, geschweige denn einem großen neunjährigen Mädchen wie dir."

Aber Ardelia, die vor Nervosität plapperte, weinte um ihre Schuhe und saß den Rest des Morgens hoch und trocken in einem Schaukelstuhl.

„Sie ist ein seltsames Kind", vertraute Mrs. Slater den jungen Damen an. „Sie wird von nichts anderem als kaltem Tee einen Tropfen trinken. Es erscheint ihr nicht sinnvoll, es den ganzen Tag zu geben, und ich werde es nicht tun, also muss sie bis zum Essen warten. Sie verzieht das Gesicht, wenn ich Milch sage, und das Wasser schmeckt glitschig und salzig, sagt sie. Sie wird es nicht anfassen. Ich sage ihr, dass es gutes Brunnenwasser ist, aber sie schüttelt nur den Kopf. Sie ist stur, ein bronzenes Maultier, dieses Kind. Trübsal nur Trübsal. Am Morgen fragte sie mich, wann die Paraden stattfänden. Ich sagte ihr, dass es außer dem Zirkus keinen gab , und das hatte es schon gegeben. Ich habe versucht, sie irgendwie aufzuheitern, mit Ihrem morgigen Frischluft-Picknick, Miss Forsythe, und s'she : 'Oh, das Dago-Picknick', s'sie : 'Werden sie Tonys Band haben?'

„Sie scheint sich auch nicht für die Farm zu interessieren , so wie diese Fresh-Air-Kinder. Ich zeigte ihr die Hühner und die Eier, und sie sagte, es sei eine Lüge, dass die Hühner sie legten . „Wofür hältst du mich?" s'she . Die Idee! Dann hat Henry die Kuh gemolken, um es ihr zu zeigen — das würde sie auch nicht glauben — und als die Milch vor ihr herabfloss , was meinst du, hat sie gesagt? „Du hast es reingesteckt!" s'she . Ich hätte das niemals geglaubt, Miss Forsythe, wenn ich es nicht gehört hätte."

„Oh, sie wird darüber hinwegkommen", sagte Miss Forsythe leichthin, „warten Sie einfach ein paar Tage. Auf Wiedersehen, Ardelia, iss ein gutes Abendessen.

Aber das tat Ardelia nicht. Sie blickte fasziniert zu Mr. Slater, der seine Gabel mit kalten grünen Erbsen belud, sie sich in den Mund schoss und bevor er sie entsorgte, schließlich in einem Atemzug eine halbe Scheibe Roggenbrot und einen großen Schluck Tee hinzufügte und dies wiederholte Betrieb in regelmäßigen Abständen in unersättlicher Stille. Sie betrachtete William, der acht große Melassekekse und drei Gläser schaumige Milch verzehrte, als bloßen Nachgeschmack der Mahlzeit und schluckte heftig. Er hat nie gesprochen. Sie wagte nicht, Henry anzusehen, denn er brach jedes Mal in Gelächter aus und schrie: „Du hast es reingesteckt! Du hast es reingesteckt!" was sie außerordentlich irritierte. Aber sie wusste, dass er in völliger Stille große, runde Bissen aus unzähligen Scheiben Butterbrot abbiss. Nun hatte Ardelia noch nie in ihrem Leben schweigend gegessen. Während des Essens schwatzte und stritt sich Frau Fahey abwechselnd mit Herrn Faheys alter, halbblinder Mutter; ihr Sohn Danny, der sich in einem Zustand chronischer Entlassung aus seinen verschiedenen „Jobs" befand, sang, pfiff und führte während des Essens unter dem Tisch Holzschuhtänze auf; ihre Nachbarin auf der anderen Seite des schmalen Flurs schrie ihre Kommentare, ob freundlich oder nicht; und überall und oben und unten hallte der geschäftige Lärm der überfüllten, klappernden Stadtstraße wider. Es war der Atem in ihren Nasenlöchern, die Aufregung ihres nervösen kleinen Lebens, und dieses kaltblütige Anfeuern raubte ihr den Appetit, der nie groß war.

Durch die offene Tür begann zögernd das Summen der Katydiden. Zwischen Williams Schluckpausen warnte sie ein schwacher Basston vor dem Sumpf:

„ *Gehen Sie lieber um !* " *"Gehen Sie lieber umher!"*

Schweigend füllte Mrs. Slater ihre Teller . Henry gab einer Mücke eine Ohrfeige und lachte innerlich bei der Erinnerung. Eine Kuhglocke läutete traurig aus der zunehmenden Dämmerung.

Ardelias Nerven waren angespannt und brachen. Ihre Augen wurden wild.

„Um Himmels willen, *rede* !" sie weinte scharf. „Sind Sie es ? Dummköpfe ?"

Der Morgen dämmerte frisch und schön; Die Bäume und der braune Rasen dufteten süß, die heimeligen Geräusche auf dem Bauernhof zauberten ein Lächeln auf Miss Forsythes mitfühlendes Gesicht, während sie darauf wartete, dass Ardelia mit ihr zum Bahnhof fuhr. Aber Ardelia lächelte nicht. Ihre Augen schmerzten von dem großen grünen Glanz, den seltsamen verstreuten Objekten und den langen, ungewohnten Ausblicken. Ihre

verkrampften Füße waren müde von den glatten Gehwegen, ihre Ohren
sehnten sich nach dem vertrauten Lärm. Sie blickte finster auf die kurvige,
leere Straße; Sie schrie die vorbeiziehenden Ochsen an.

Am Bahnhof schüttelte Miss Forsythe ihre schlaffe kleine Hand.

„Auf Wiedersehen, Liebes", sagte sie. „Ich werde die anderen kleinen Kinder
mit zurückbringen. Das wird Ihnen gefallen. Auf Wiedersehen."

„Ich komme auch", sagte Ardelia.

„Warum – nein, Liebes – du wartest auf uns. Du würdest dich nur umdrehen
und gleich wieder zurückkommen, weißt du", drängte Miss Forsythe,
insgeheim berührt von dieser Hingabe an sich selbst.

„Komm nichts zurück ", sagte Ardelia verbissen. „Ich gehe nach Hause."

„Warum – warum, Ardelia! Gefällt es dir nicht wirklich?"

„ Nein , es ist zu heiß."

Miss Forsythe starrte.

„Aber Ardelia, willst du nicht zurück in diese schrecklich stinkende Straße?
Nicht wirklich?"

„ Betcherleben , das tue ich!" sagte Ardelia.

Der Zug dampfte herein; Frau Forsythe stieg unsicher die Stufen hinauf,
Ardelia klammerte sich an ihre Hand.

„Es ist so schön und ruhig", flehte die junge Dame.

Ardelia schauderte. Wieder schien sie dieses teuflische, traurige Wehklagen
zu hören:

„ Knietief! Knietief! Knietief! "

„Es riecht so gut, Ardelia! All die grünen Dinger!"

Gut! dieser heiße, rauschende Mittagswind, dieser feuchte und leere
Abendwind!

Sie ritten schweigend. Aber das Rütteln und Rütteln des Motors erzeugte
Musik in Ardelias Ohren; das Weinen der heißen Babys, der vertraute Jargon
des Zeitungsjungen:

„ N'Yawk weinend Zahler ! Woyld ! Joynal !" waren ein Hauch von zu Hause
für ihr kleines Cockney-Herz.

Sie drängten sich durch den großen Bahnhof, sie stiegen die Stufen des
Hochgleises hinauf, sie klimperten auf einem Stadtauto. Und an einer

vertrauten Ecke ließ Ardelia ihre Hand los, stieß ein freudiges Grunzen aus, und Miss Forsythe suchte vergeblich nach ihr. Sie war gegangen.

Aber spät am Abend, als die große Stadt zum Atmen herauskam und mit geöffnetem Hemd und lockerem Mieder auf den schmutzigen Stufen saß; als die Drehleier messingfarbene Tonleitern vorführte und die Lichter in endlosen funkelnden Reihen aufflackerten; Als die Trolley-Gongs an der Ecke die Luft durchdrangen und die Füße fröhlich die kühlen Steinstufen des Bierladens hinuntertrotteten, knabberte Ardelia, barfuß und verlassen, an einem Stück Bologna-Wurst, sicher in der Hoffnung auf eine Olive kam, marschierte unverschämt mit einer Gruppe kleiner Mädchen hinter einem strengen Polizisten her und machte sich über seinen behäbigen Gang lustig, zur Freude von Old Dutchy, die beifällig über ihre Tänze strahlte .

„Ja, ja, du zeigst deine Füße, gut . Eines Tages zahlen wir dafür, dich zu sehen, nicht wahr? Möchtest du schon zurückkommen?“

Ardelia vollführte einen kühnen *Pas Seul* und griff nach ihrer Olive.

„Ja, danky shun, Dutchy“, sagte sie leichthin, und als die Drehleier sich entfernte und die Oboe der italienischen Band begann, die Tonleiter auf und ab zu rennen, sank sie auf ihren kühlen Tritt, streckte ihre Zehen aus und seufzte .

„Mensch!“ Sie murmelte: „ N'Yawk ist der richtige Ort!“

EDGAR, DER UNHEIMLICHE Singknabe

Sie wissen alle, wie sie auf den Bildern aussehen — meist vergrößerte Fotogravuren: Sie haben ansprechende violette Augen, hängende Münder und ovale Gesichter. Sie legen den Kopf nach hinten und zur Seite, und meist fällt ein breiter Lichtstrahl auf ihre kleinen offiziellen Nachthemden. Die Leute rahmen sie in flämische Eiche ein und hängen sie über das Klavier, und kleine Mädchen sehnen sich danach, ihnen zu ähneln.

Aber Edgar war nicht so nett. Tatsächlich war er so anderer Meinung, dass selbst der Chorleiter, der es eigentlich besser hätte wissen müssen, getäuscht wurde und ihn nur mit Mühe entdecken konnte. Als dieser Herr ihnen im Gemeindehaus gegenüberstand, einer Horde misstrauischer kleiner Jungen, die drängelten, knurrten, kicherten und auf andere Weise ihre Natur auslebten, wählte er prompt Tim Mullaly aus, der in erstaunlichem Maße die violetten Augen und den herabhängenden Mund besaß ovales Gesicht, als seine erste Sopranistin. Der Chorleiter war jung an Jahren und seinem Beruf.

Aber Tim weigerte sich, die Tonleiter alleine zu singen, und als die anderen es verachteten, ihn bei dieser Übung zu begleiten, schlug Mr. Fellowes, entschlossen geduldig, das urkomische „Kommt schon, Jungs!" vor. Es ist eine Mode, die Erwachsene der Kindheit gewidmet haben, dass sie alle eine beliebte Melodie mitsingen sollten, um sie zu lockern und ihr Unbehagen zu zerstreuen.

„Aber Tim weigerte sich, die Tonleiter alleine zu singen."

„Was sollen wir singen?" rief er unbeschwert vom Klavierhocker aus und deutete mit der linken Hand schwach einen „Ragtime"-Rhythmus an, während er sie immer noch ansah, während er die abweisenden Gesichter vor sich nach einem Schimmer von Freundschaft absuchte.

Schließlich handelte es sich um Menschenjungen, die alle in gewisser Weise singen konnten, sonst wären sie nicht von Verwandten, die die Voraussetzungen für die Chormitgliedschaft gelesen hatten, dazu überredet worden, an dieser schwierigen Veranstaltung teilzunehmen.

„„Heiße Zeit!"", platzte es aus einem der Jugendlichen.

"In Ordnung!" und die einladende Melodie zog sie an; Bald schrien sie laut. Rauhe Altstimmen, nasale Soprane, tödliche Versuche, einen Bass zu komprimieren – jedenfalls wurde damit begonnen. Die Strophe war zu Ende, der Refrain hatte begonnen, als ein plötzlicher Ton dem Chorleiter das Herz bis zum Hals trieb und seine Hände die Tasten verließen. In das Gemisch aus rauem , jungenhaftem Geschrei fiel ein silberner Faden reinsten Gesangs, eine sehr vogelartige Note. Für einen Moment floss es auf der Ebene des Refrains, dann stieg es plötzlich mit einem unbeschreiblichen Sprung, einem schlürfenden Ansturm eine Oktave höher an und führte sie alle. Der Chorleiter wirbelte auf dem Hocker herum.

"Wer ist er? Welcher Junge singt da oben?" fragte er aufgeregt. Da war keine Antwort. Sie grinsten einander bewusst an; man könnte sich vorstellen, dass sie alle schuldig waren.

„Kommt, kommt, Jungs! Seien Sie nicht albern – wer war es?"

Stille der gräserlichsten Art. Mr. Fellowes zuckte mit den Schultern, drehte sich erneut um und begann mit der zweiten Strophe. Sie rannten lärmend hindurch; Er wählte hier und da einen süßen kleinen Diskant aus, einen echten Alt. Aber seine Ohren waren auf etwas Besseres gespitzt, und bald darauf kam es. Der Rhythmus war zu verlockend.

„ Bitte, oh, bitte, oh, lass mich nicht fallen –"

„Bei George, er ist eine menschliche Amsel!"

„ Du gehörst ganz mir, und ich liebe dich am meisten – "

„Das ist hohes C!"

„ Ein Du „ Muss mein Mann sein, sonst will ich überhaupt keinen Mann haben –"

Der Chorleiter brach in einen fröhlichen, wenn auch etwas schrillen Tenor aus.

„ Heute Abend wird es in der Altstadt heiß hergehen! "

Er wirbelte herum, immer noch singend, und fing den ekstatischen, verträumten Blick von Tim Mullaly auf.

"Du bist es!" schrie er und stürzte sich auf ihn. Tim kicherte schwach.

„Ja, Sir", sagte er.

„Singen Sie jetzt diese Tonleiter und ich gebe Ihnen fünf Cent."

Ein neidischer Seufzer ging durch das Gemeindehaus.

Tim warf den Kopf zurück und öffnete seinen hängenden Mund.

„ Machen Sie, wieder—— "

Es gab ein Aufblitzen von blauem Gingham, ein wütendes Knurren, ein Geräusch, als würde plötzlich ein fünfzig Pfund schwerer kleiner Junge auf dem Boden sitzen.

„Wo sind deine Münzen?" fragte eine neue Stimme leichthin.

Mit Erstaunen bemerkte der Chorleiter, dass der Besitzer der Stimme, ein sommersprossiger Junge mit einer übermäßig *retroussierten* Nase, auf dem liegenden Tim saß.

"Was ist die Bedeutung davon? Aufstehen!" sagte er streng. "Wie heißen Sie? So etwas kann ich in meinem Chor nicht haben!"

Der sommersprossige Junge stand nicht auf. Tatsächlich setzte er sich bequemer auf Meister Mullaly und forderte erneut:

„Wo sind deine Münzen?"

„„ Wo sind deine Münzen? "„

Der Chorleiter trat vor und packte den Täter am Kragen. Als sich seine Finger fester schlossen, brach der Gefangene in den Refrain des Augenblicks aus – es war die Amselstimme! Der erste Eindruck des Chorleiters war so hartnäckig, dass er instinktiv den gefallenen Tim ansah, um die Noten aufzufangen, aber Tim rang sanft, aber fest nach Luft, und dieses freie Trillern kam von oben. Der Chorleiter lockerte seinen Griff.

„Du warst es die ganze Zeit!" sagte er verblüfft.

„Ja", antwortete der Sänger, „ich war es." Hast du geglaubt, dass er es war?" mit einem leichten Ruck, um auf sein Opfer hinzuweisen.

„Stehen Sie auf, ja, und singen Sie mir noch etwas", drängte der Chorleiter. Der Junge stand sofort auf.

„Was werde ich singen?" er kam freundlich zurück. Die Stimme des Chorleiters hatte einen anderen Tonfall gehabt.

"Glückliches Zuhause! Glückliches Zuhause!" forderte die Menge. Sie hatten während des kurzen Kampfes, der Tim zu Fall gebracht hatte, auf neutralste Weise abseits gestanden und dem kurzen Gespräch, das folgte, respektvoll zugehört. Es war offensichtlich, dass Erfahrungen aus der Vergangenheit diese Einstellung ihrerseits nahegelegt hatten.

Der Chorleiter sah erleichtert aus. Er hatte keine engstirnigen Vorurteile, aber er erkannte, dass ein Lied wie „My Happy Home" aus den Fenstern des Gemeindehauses eine gute Wirkung hat.

„Wo ist deine Mundharmonika?" forderte der sommersprossige von einem größeren Jungen in der Menge. Dieser holte sofort das betreffende Instrument heraus, streichelte es einen Moment lang mit beiden Händen, wie es der Virtuose tun würde, und ließ die ruckartige und komplexe Reihe von Klängen hervortreten, die ihm eigen sind. Es handelte sich offensichtlich um ein Vorspiel – eine Melodie, die dem Chorleiter vage bekannt war. Plötzlich brach die Stimme des Jungen in diesen düsteren Hintergrund ein:

„ Ich würde dir mein fröhliches Leben überlassen,

Oo-oo-oo-oo ! "

„„ Ich würde mein fröhliches Baby für dich zurücklassen, Oo-oo-oo-oo ! "'"

Der Chorleiter seufzte begeistert. Eine so zarte, so sanfte Stimme, so reich an ansprechenden Akzenten, die er noch nie gehört hatte. Die wiederholten Vokale gurrten, sie streichelten, sie verführten.

„ Du bist der netteste Mann, den ich je gekannt habe ,

Oo-oo-oo-oo ! ”

Wenn Sie sich erinnern, wie Madame Melba gurrt : „Edgardo! Edgardo-oo!“ Wenn sie die verrückte Szene aus „Lucia“ singt, werden Sie eine Vorstellung von den flüssigen, fließenden Tönen dieses stumpfnasigen, sommersprossigen Jungen bekommen.

"Wie heißen Sie?" fragte der Chorleiter respektvoll.

Zuerst schien es Eierlikör zu sein , aber im sorgfältigen Kreuzverhör wurde es zu Edgar Ogden, und sein Besitzer stimmte zu, drei wöchentliche Proben und zwei Sonntagsgottesdienste für das fürstliche Gehalt von fünfundzwanzig Cent pro Woche zu besuchen, das gleiche gilt auch steigerte sich proportional zu seinem Fortschritt.

Spätere Versuche zeigten, dass es völlig aussichtslos war, ihm das Notenlesen beizubringen. Als Tim Mullaly und der dümmste Altist der Vereinigten Staaten – wie ihm der Chorleiter versicherte – durch das stolpern konnten, was man als Duett vom Blatt bezeichnete, und das war die Arbeit vieler Monate, lernte Edgar seine Soli immer noch nach Gehör. Es war vergebliche Mühe, darauf zu bestehen, und der Chorleiter verbrachte viele Stunden damit, im Geiste seines Schülers die Abfolge der Noten in Hymnen und Te Deums festzuhalten, wobei ihm fast der Zeigefinger bis auf die Knochen *reichte* . Einmal gelernt, vergaß er sie jedoch nie, und Mr. Fellowes erschauerte vor Stolz, als der silberne Strom seiner Stimme immer höher floss, über die Orgel, über den Chor an seiner Seite hinaus, bis die Leute in der Kirche seufzten und den Hals reckten Hälse, um den wunderbaren Jungen anzusehen.

„ Tatsächlich sahen die meisten von ihnen Tim an. ”

Tatsächlich blickten die meisten von ihnen auf Tim Mullaly, der, frisch von seinem Samstagsbad, in seiner kleinen Soutane und Cotta, die Träume des anspruchsvollsten Lithografen verwirklichte. Er stand neben Edgar und folgte aus einer gewissen Geistesschwäche mit seinen Lippen sozusagen stets dem gesamten Libretto des vorliegenden Werkes. Da sein ansprechender Gesichtsausdruck und seine violetten Augen untrennbar waren, wirkte er wie ein Solist und erhielt die meiste Anerkennung von der großen Mehrheit, die es nicht schafft, einen kleinen Jungen, wie einen Chinesen, von einem anderen zu unterscheiden, es sei denn, er besitzt ein solches herausragendes Merkmal als Tims flehender Blick.

Diese kleine Befürchtung ahnte Edgar glücklicherweise nicht, andernfalls ist zu befürchten, dass im Mullaly-Haushalt die Dienste eines Arztes erforderlich gewesen wären. Nicht, dass Edgar Berufsstolz in seiner Stimme verspürte. Er besaß nach seinen eigenen Vorstellungen noch viele weitere wertvolle und dekorative Eigenschaften. Seine Gesangsfähigkeit war völlig erblich und vererbte ihn von seinem Vater, der englischer Abstammung war. Der ältere Mr. Ogden, von dem Gerüchten zufolge häufig Gefahr lief, wie eine Schlange gebissen und schließlich wie eine Natter gestochen zu werden, war in den Rittern von Pythias allein durch seine Stimme, einen süßen und kraftvollen Tenor, zu schwindelerregender Höhe aufgestiegen. und war es gewohnt, den größten Teil seiner Zeit damit zu verbringen, sich dramatische Lieder von höchst moralischer Vielfalt mit Refrains in dieser Reihenfolge auswendig zu lernen und einzuüben :

„ ‚Du lügst! Ich habe gesehen, wie du das Ass gestohlen hast!'

Ein krachender Schlag direkt ins Gesicht —

Ein Pistolenschuss und die Schande des Todes

War in diesem Kartenspiel! "

Zum richtigen Zeitpunkt feuerte ein Freund in einem anderen Raum zu stürmischer Begleitung auf dem Pythian-Klavier eine leere Patrone ab, und die Ritter waren so dankbar, dass der Solist, um eine klassische Phrase zu verwenden, selten vor dem Morgen nach Hause kam. Die Zeit, die Herr Ogden für die Erweiterung seines Repertoires übrig hatte, nutzte er sinnvoll, um sich Geld für den Kauf neuer Insignien zu leihen, denn mit den Pythianern bedeutete der Aufstieg Glanz.

Sein älterer Sohn Samuel, allgemein bekannt als Squealer, erbte beide Neigungen seines Vaters und war in den Saloons und Billardräumen sehr gefragt, wo er Balladen zarter und moralischer Natur sang, die sich hauptsächlich mit dem Zuhause und der Heiligkeit des Hauses befassten die Familienbeziehung im Allgemeinen. Besonders eines davon, in dem Squealer eine mahnende Haltung einnahm und einen imaginären Elternteil anflehte, „sie zurückzunehmen, Dad", und mit schmelzendem Bariton hinzufügte:

„ Sie ist meine Mutter und deine Frau! "

Ein gewisser Bargast , dessen *Angewohnheit* , seine Familie mit einem Tranchiermesser durch das Mietshaus zu jagen, sie dazu veranlasst hatte, die Stadt zu verlassen, berührte sie so sehr, dass es bekannt war, dass er seinen Kopf auf die Bar legte und hörbar weinte.

Unter seinen Freunden war es umstritten, welches Squealers wahres *Meisterwerk sei* , das gerade erwähnte Lied oder ein anderes, das lautete:

„ Du wirst nur eine Mutter haben, Junge,

Du kannst sie nicht gut genug behandeln! "

Sehr oft war Squealer nach dem Singen dieses Stücks so betroffen, dass er den Gedanken an das, was das Lied als „das alte Zuhause, jetzt leer" beschrieb, nicht ertragen konnte, und wandte sich einer Szene zu, die sich weniger stark auf die Emotionen konzentrierte, was für eine schlaflose, wenn auch zornige Nacht sorgte an Mrs. Ogden und fließende Auseinandersetzung bei seiner Rückkehr in das alte Zuhause.

Frau Ogden war selbst nicht musikalisch und widmete den Großteil ihrer Energie der Wäschereiarbeit, einer weniger emotionalen, aber lukrativeren Beschäftigung. Edgars berufliche Pflichten interessierten sie hauptsächlich aufgrund des wöchentlichen Gehalts, das nun auf fünfzig Cent angewachsen war, von dem ihm ein Zehntel für seine private Geldbörse zugestanden wurde und der Rest für die ganz offensichtlichen Bedürfnisse des Haushalts verwendet wurde. Damit war seine Position als Lohnempfänger fest etabliert, und seine Mutter sorgte dafür, dass ein so einträgliches Organ all das erhielt, obwohl sie eine natürliche Verachtung für die geistige Qualität eines jeden jungen Mannes hegte, der Edgars Stimme für fünfzig Cent pro Woche wert hielt Berücksichtigung, die es verdient hat.

des Winters zwei neue Flanellanzüge gekauft und an jedem matschigen Tag glänzende Sturmgummis über die widerstrebenden Füße des Künstlers gedrängt. Der wenig überzeugende Husten wurde mit schwarzem Lakritz belohnt, das aus der allgemeinen Haushaltskasse gekauft wurde, und als Edgar die Masern hatte, wäre der Prinz von Wales, um Mr. Ogdens gereizte Formulierung zu verwenden, vielleicht froh gewesen, die Hammelbrühe und den Kakao zu probieren, die ihn dick machten dieser unverschämte Junge.

Ihr System beschränkte sich auch nicht auf diese sanfte Nachsicht, wie der
Anlass eines Besuchs des Chorleiters bewies. Aus Angst, dass der Zweck
seines Anrufs zu plötzlich deutlich werden könnte, begann er mit einer seiner
üblichen Lobreden auf die Stimme seiner ersten Sopranistin. Sie nahm seinen
Enthusiasmus kühl auf, machte deutlich, dass es ihnen an musikalischen
Fähigkeiten mangele, und prahlte mit einem Stolz, der für jemanden
unerklärlich ist, der es nicht gewohnt ist, diese Gabe gleichbedeutend mit
Gefängnisqualifikationen zu betrachten, dass sie keine Melodie beherrschen
könne. Als er etwas zurückhaltend erwähnte, dass Edgars Bußgelder wegen
Verspätungen, Abwesenheit usw. naturgemäß erhebliche Einbußen bei
seinem Gehalt bedeuten müssten, nahm das Interview einen anderen Aspekt
an.

Mrs. Ogden wischte sich die Hände an ihrer Schürze ab und versicherte dem
Chorleiter, dass sie sich um diesen Teil der Sache kümmern würde, wenn
Edgar seinen Lohn nicht verdiente. Ihr Gesichtsausdruck war so angespannt,
dass er sich verpflichtet fühlte, um Sanftmut zu bitten, mit der Begründung,
dass ein so empfindlicher Mechanismus wie der menschliche Hals nicht allzu
sorgfältig behandelt werden könne. Mrs. Ogden versicherte ihm, dass sie es
nicht gewohnt sei, ihre Disziplinarmaßnahmen an der Kehle anzuwenden,
und die Audienz war am Ende. Es war zufällig Samstag, und bei der
Abendprobe kam es dem Chorleiter so vor, als sei alles noch nie so
reibungslos verlaufen. Schließlich, dachte er, brauchte es eine Mutter, um mit

den Jungen zu reden – er hatte in dieser Woche mehrere Anrufe der gleichen Art getätigt – eine Mutter wusste am besten, wie sie sie beeinflussen konnte. Und seine Schlussfolgerungen waren vollkommen berechtigt.

„ Ein milder und beherzter Jüngling. "

Am Sonntagnachmittag marschierte Edgar teilnahmslos und uninteressant in die Kirche, Tim an seiner Seite, verzückt und wirkungsvoll. Edgar starrte geistesabwesend ins Leere, seine Füße zeigten im richtigen Abstand vom Kreuzblütler die Zeit an, ein sanfter und behäbiger Jüngling, der nie verstehen konnte, warum das so war, gerade als er um die Ecke bog und begann, die Stufen zum Chorgestühl hinaufzusteigen Seine Soutane sollte sich plötzlich unterhalb der Knie zusammenziehen und ihn fast umwerfen. Edgars Partner in der Kolonne hätte ihn informieren können, aber aus Vorsicht hielt er sich zurück.

„ Die größten Hoffnungen, die wir hier hegen,

Wie schnell ermüden sie und werden ohnmächtig! "

Edgars Augenbrauen trafen sich, er machte einen größeren Schritt, um nach seinem B zu greifen, und der Kreuzblütler ergriff nervös seine Stange und unterbrach den Schritt für einen Moment – seine Soutane hatte sich erneut verfangen.

„ Wie viele Flecken verunreinigen das Gewand

Das umhüllt einen irdischen Heiligen! "

„Er singt wie ein Engel", sinnierte der Rektor. „Wie tollpatschig dieser Waters-Junge ist!"

Als er mit dem Psalter fertig war, den er verabscheute, weil er nicht immer sicher war, wie er hindeutete, und Tims entsetzten Blick über seine gelegentlichen Ausrutscher nicht ertragen konnte, hatte Edgar seine Schultern gerade so hochgezogen, dass der Tenor hinter ihm nicht hinsehen konnte Er ging hinüber ins Querschiff und eröffnete demonstrativ seinen Gottesdienst am *Nunc dimittis* , damit Tim durch sein unschuldiges Anstupsen und die Andeutungen seines eigenen *Magnificat-* Pages ein Stirnrunzeln und eine Geldstrafe vom Chorleiter hervorrufen konnte, und widmete sich einem Studium des Rosettenfensters über dem Querschiff.

Die Dekoration dieses Fensters war ein ständiger Streitpunkt zwischen ihm und dem ersten Altisten, Howard Potter. Edgar hatte die etwas unhaltbare These aufgestellt, dass die verschiedenen Figuren in den Buntglasfenstern die aufeinanderfolgenden Rektoren und Chorleiter von St. Mark darstellten. Howard hatte eingewandt, dass sich die Widmungen unter den Fenstern (wie er durch geschickte Fragen herausgefunden hatte, die seinen Informanten nicht die geringste Ahnung gaben, was er meinte) auf Personen bezogen, die noch nie ein Amt in der Kirche innegehabt hatten.

Edgar war damals auf die Theorie zurückgefallen, dass es sich bei den Figuren um Porträts der Personen handelte, an die die Fenster erinnerten. Howard fragte triumphierend, warum dann die Legende „Geheiligt zur Erinnerung an Walter, den geliebten Ehemann von Mary Bird Ferris" unter einer großen Frau in dunkelgrünem Glas mit äußerst femininem Haar und einer langen roten Schärpe erscheinen sollte? Edgar war verblüfft, erinnerte sich aber plötzlich an den begeisterten Bericht seines Vaters über einen Kostümball der Ritter von Pythias, bei dem viele der Ritter in Frauenkleidern auftraten, insbesondere einer, der Besitzer eines Fischmarktes, der ein langes und fließendes Kostüm gemietet hatte Perücke, um seine Mitritter und ihre begeisterten Gäste besser zu täuschen. Dies hatte auf Edgar einen äußerst humorvollen Eindruck gemacht; Es machte ihm großen Spaß, sich die Szene in seiner Fantasie vorzustellen, und er untermauerte seine schwankende Unfehlbarkeit, indem er erklärte, dass der geliebte Ehemann von Mary Bird Ferris zweifellos ein Pythianer im Kostüm sei.

Das hatte Howard eine Woche lang zum Schweigen gebracht, aber eines Nachmittags beim Abendgesang, kurz bevor im Umkleideraum die elektrische Glocke ertönte, um sie in die Halle zu rufen, hatte er schnell und flüsternd zischend gefragt: „Wer ist dieser weiße Welpe, der die Fahne trägt ? " War in dem runden Fenster an der Seite, wo der Vogel war, ein Bild davon?"

Der Vogel war der Rednerpultadler, und keiner der Antagonisten hatte jemals ein Lamm gesehen. Edgar hatte die Tatsache erkannt, dass es sich um einen schlecht gezeichneten Welpen handelte, und er glaubte nicht, dass er auf einem gebeugten Knie und in diesem gefährlichen Winkel auf einem Banner hätte balancieren können, wie es der Künstler ihm gegeben hatte. Es war ihm auch auf erdrückende Weise klar, dass sich kein Ritter von Pythias mit aller Hilfe der Welt in ein so wolliges, lockiges, vierbeiniges Objekt verwandeln konnte.

„„ Wer dieser weiße Welpe mit der Flagge ... war?'"

Warum sollte dann auf der Messingplatte darunter stehen, dass dieses Rosettenfenster „in liebevoller Erinnerung an Alice Helen Worden aufgestellt wurde, die am 19. Juni 1890 aus diesem Leben schied"? Das war zunächst einmal kein Name für einen Welpen. Die ganze Angelegenheit ärgerte Edgar außerordentlich. Er sah überhaupt keine Erklärung. Er erkannte, dass er mit dem ersten Alt kämpfen müsste. Das war nicht nur eine große Verantwortung an sich, sondern die Notwendigkeit, dem elterlichen Blick auszuweichen, verstärkte auch die nervöse Anspannung und das Bewusstsein, dass Mr. Ogden an diesem besonderen Sonntagnachmittag eine der hinteren Kirchenbänke besetzte, mit der Idee, zu sehen, wie es ihm ging Sein Verhalten während des Gottesdienstes und die anschließende Begleitung nach Hause belasteten die Stimmung der ersten Sopranistin so sehr, dass William Waters die Chorschritte im Rezessionssaal ohne Stolpern bewältigte.

Während des gesamten Gottesdienstes war Edgar wie ein Traum. Sein Blick war nach innen gerichtet , und er vergaß sogar seinen wirkungsvollen Trick, den Chorleiter in einen kalten Schauer zu versetzen, indem er völlig unsicher wirkte, wann der richtige Zeitpunkt war, um den Anteil des Chors an den Antworten zu übernehmen. Die Tatsache, dass er immer genau im richtigen Takt eintrat, hatte Mr. Fellowes nie gegen das nervöse Schaudern gestärkt, als er sah, wie sich der Mund seiner ersten Sopranistin zögernd zwei Sekunden vor der Zeit öffnete. Heute blieb ihm jede Sorge erspart. Edgars Stimme und Tims Augen waren die Vollkommenheit melodischer Hingabe.

„ Und segne deine in- hèr - i-tànce ! ""

sie flehten leise. Keiner von ihnen hatte die geringste Ahnung, was Erbe bedeutete – sie hätten ebenso bereitwillig einen Segen für Bedeutungslosigkeit oder Uneleganz erbeten; Aber für den Hilfsgeistlichen, dessen nervöses Kratzen an der Nase, während er darauf wartete, dass das Almosenbecken ihn erreichte, für Edgar und Tim ein ebenso eindeutiger und sehnsüchtig erwarteter Teil des Gottesdienstes war wie jedes andere Detail, war der langsame gregorianische Rhythmus brachte das Wort plötzlich in ein neues Licht und machte es zum Text einer Predigt, die so erfolgreich war, dass er wenig später eine eigene Pfarrei gründete. Dies führt uns zu vielen interessanten Schlussfolgerungen, musikalischer und anderer Art.

Der Rektor bemerkte erfreut den schäbig aussehenden Mann im hinteren Teil der Kirche: Er war gerade ein wenig unter dem Vorwurf „aristokratischer Tendenzen" geplagt: Eine Gruppe von Konservativen hatte den Knabenchor nie gebilligt. Er hoffte, den Mann in die St.-Andreas-Bruderschaft aufzunehmen, wenn er mit keiner anderen Organisation verbündet wäre.

Mr. Ogden hatte, wie wir wissen, eigene Geschäfte zu erledigen – Geschäfte, die ihn starr in die Richtung des Rektors starrten, was diesen guten Mann noch mehr ermutigte. Es ist jedoch zu bezweifeln, ob die Bruderschaft ihn angesprochen hätte. Nicht, dass ihn engstirnige sektiererische Tendenzen daran gehindert hätten. Mrs. Ogden, die der Tochter des presbyterianischen Pfarrers die Hemdbündchen hochzog, wurde von ihr regelmäßig mit einer Missionsbank in Form eines Pappmaché- *Häuschens beschenkt* , dessen Schornstein roten Ziegelsteinen nachempfunden war; und Edgar, der eine napoleonische Strategie anwendete, nahm triumphierend an den methodistischen Weihnachtsfesten und den Sonntagsschulpicknicks der Baptisten teil, wobei die letztere Gesellschaft ein Karussell in größerem Umfang anbot, während die erstere die kleinen Gläubigen mit praktischeren Geschenken und größeren Süßigkeiten versorgte -Taschen. Darüber hinaus hatte Squealer mehr als einmal „The Holy City" für die Congregational Christian Endeavour Society gesungen, so dass Mr. Ogden mit einer gewissen Berechtigung das Gefühl hatte, dass ihm seine kirchliche Verbindung im Großen und Ganzen Ehre machte, und sich von jeglichem Unrecht entschuldigte Energie in diese Richtung.

Er beobachtete seinen Sohn aufmerksam, aber Edgars kirchliches Verhalten war ohne Makel. Darüber hinaus reiften seine Pläne allmählich. Er sang *das Amen* in den richtigen Abständen und schaffte es durch einen Prozess unbewusster Überlegung, zwischen den Organisten und den Tenor zu gelangen, der darauf angewiesen war, dass Mr. Fellowes ihm mit der linken Hand die Zeit anzeigte, und weil er ihn nicht sehen konnte, verpfuschte sein Opfersolo; aber seine Gedanken waren woanders. Er hatte beschlossen, durch die Tür des südlichen Querschiffs zu schlüpfen und sich so der Verfolgung durch seine Eltern zu entziehen, und in seinem eigenen Hinterhof gegen Howard Potter zu kämpfen, bevor er einschlief. Er übte an seinem Opfer eine neue wissenschaftliche Errungenschaft aus, die er stolz als „Oberschnitt" bezeichnete und die er von einem Bekannten für zehn Cent und drei Zuckerkekse gelernt hatte.

An diesem Punkt riss ihn das Hymnen-Vorspiel auf die Beine. Er hatte seine Stimme, den Anweisungen entsprechend, für sein Solo aufgehoben, und in der wartenden Stille floss jedes Wort sanft und rein bis zum Ende der Kirche.

„ Barmherzigkeit und Wahrheit, Barmherzigkeit und Wahrheit, Barmherzigkeit – " Ah, dieser exquisite sanfte Sturzflug nach unten! Die Orgel plätscherte zufrieden weiter, eine Fortsetzung von Edgars flötenähnlichen Tönen – „ *und die Wahrheit trifft sich gemeinsam ! "* Da war der ganze Reichtum einer Frauenstimme, die ganze leidenschaftslose Klarheit der Stimme eines Jungen, die ganze morgendliche Unschuld einer Kinderstimme .

Plötzlich kam ihm der Gedanke, dass das nördliche Querschiff sicherer wäre – es lag auf der Seite, die am weitesten vom Haus entfernt war.

„ Gerechtigkeit und Frieden, Gerechtigkeit und Frieden haben einander geküsst ! "

Er fragte sich, ob Howard seit ihrer letzten Begegnung den Aufwärtshaken gelernt hatte.

Tims Gesicht war wie das Gesicht eines Engels; Ein langer, schräger Strahl aus der Rosette fiel auf seine Locken.

„ *Haben uns geküsst* “, seufzte Edgar leise. „ *Haben uns geküsst –*“ die streichelnden Töne verschmolzen mit den Tönen der Orgel, flüsterten noch einmal „ *einander* “ und erstarben langsam. Ein langer Atemzug, ein hörbares „Ah-hh!“ schwebte durch die Kirche. Der Chorleiter trat unter der Orgel vor Freude mit den Füßen zusammen. Er wusste kaum, dass in diesem Moment die Zukunft seines Kirchenchors leicht auf dem Spiel stand.

Aber so war es. Das Schicksal, das scheinbar isolierte Ereignisse miteinander verknüpft, ebnete Edgar den Weg zum Kampf, ließ ihn aber geschlagen werden. Wäre dies nicht geschehen, hätte sich sein Zorn nicht dadurch entladen, dass er bei der Probe am Mittwoch einen schlecht gelaunten Bass beschimpfte, indem er vor ihm herhuschte und mit wunderbarer Genauigkeit seine schroffe Stakkato-Stimme nachahmte.

„ *Er erklimmt die Inseln – als ganz kleines Ding!*“ “, spottete Edgar.

"Den Mund halten!" knurrte der Bass.

„ *Eine ganz kleine Sache !* “ fuhr Edgar bösartig fort und rutschte seinem Opfer über den Weg.

„Oh, alles klar, junger Kerl!“ rief der Bass, wütend über das Grinsen und den Applaus der anderen Männer, „alles klar! Warte einfach bis Sonntag, das ist alles!“ Wenn Edgar ihn nicht so geärgert hätte, hätte er nicht hinzugefügt: „Ich weiß, was dann passieren wird, wenn du es nicht tust.“

"Was?" fragte Edgar spöttisch und holte ihn ein.

„Du wirst abprallen, das ist es", sagte der Bass gereizt.

„Ach, komm schon! Ich auch nicht !"

„Nun, das solltet ihr auch sein, die ganze Meute", fuhr der Bass entschieden fort. „Tasche und Gepäck! Und auch eine gute Befreiung. *In diesem Sommer* gibt es keine Campingausflüge für Chorknaben !"

Edgar blieb zurück und grübelte. „Wer hat es dir gesagt ?" er hat angerufen.

„Fragen Sie Fellowes – und wenn er Sie nicht ableckt, werde ich es tun!" erwiderte der Bass und machte einen schnellen Griff, dem Edgar problemlos ausweichen konnte.

Er rief sofort seine Kameraden herbei; Die Frage wurde ihnen vorgelegt. Hatten sie gehört, dass sie abgeschoben werden sollten? Glaubten sie, dass das zweiwöchige Zelten, das Ziel all ihrer Ausdauer und Treue, der Preis ihrer hohen Berufung, aufhören würde? Tim wurde am Samstagnachmittag beauftragt, sich zu erkundigen. Er kehrte untröstlich zurück; sie schubsten sich gegenseitig deutlich.

„Was hat er gesagt ? Was hat er gesagt ?“

„ Er sagt Mos' wahrscheinlich nicht. Sagt, es kostet zu viel. Sagt vielleicht ein Picknick –“

„Ach! alter Trottel! Willst du uns auch abprallen lassen?“

„Ich weiß nicht . Ich denke schon. Das habe ich ihn nicht gefragt. Ich sage nur zu ihm : „Ach mal, Mr. Fellowes, gehen wir Jungs nicht campen ?“ „Und“, sagt er, „Ich schätze, dieses Jahr nicht, Tim, mos.“ wahrscheinlich . Vielleicht ein Picknick –“

„' Na ja, ich wette, er lässt mich nicht hüpfen!'“

„Nun, ich wette, er lässt mich nicht hüpfen! Ich wette , das, ich wette , jetzt!“

Edgar stolzierte vor ihnen her. Sie betrachteten ihn mit Interesse.

„ Wascher was machst du?“ fragten sie respektvoll.

„Was soll ich tun? Ich werde – ich werde mich hüpfen lassen!“ rief er über die Schulter, als er nach Hause ging.

Seine launische Miene während des Abendessens überzeugte Mr. Ogden davon, dass etwas nicht stimmte. Seitdem hatte er Edgars Forderung nach zehn Cent mehr am Sonntag mit der Begründung, seine Mutter halte ihn für mehr wert, und seinen späteren gewagten Streik um fünf Cent mehr Gehalt entdeckt, den der Chorleiter argloserweise für völlig gerechtfertigt gehalten und aus seinem Geld bezahlt hatte Aus eigener Tasche war Mr. Ogden, der sich, nachdem er Gerüchte über wilde Ausschweifungen in der Erdnuss- und Wurzelbier-Branche gehört hatte, darauf gestürzt hatte, dass sein Sohn überfüllt vom Zahltag zurückkam, und die zusätzlichen fünfzehn Cent sofort annektierte, von der Notwendigkeit einer Überwachung überzeugt für diesen schlauen Lohnempfänger und machte es sich zur Gewohnheit, ihn regelmäßig an Gehaltsabenden zu begleiten, zunächst allein, später unterstützt von Mrs. Ogden, die die Familiengruppe als selbsternannte und letzte Rechnungsprüferin begleitete. Es wurde oft bemerkt, dass ein großer Kummer einst getrennte Familienmitglieder zusammenhalten kann; Es ist äußerst unwahrscheinlich, dass irgendein Kummer unter den Ogdens einen so erfreulichen *Korpsgeist hervorgerufen haben könnte* , wie er aus ihrem unverstellten Interesse am Zahltag resultierte. Aber als Mr. Ogden seinen Sohn an keinen abgelegeneren und gefährlicheren Ort als den Kirchhof begleitet hatte und ihn in ernsthafter Konklave mit seinen aufmerksamen Kameraden sah, ging er erleichtert seinen eigenen Angelegenheiten nach und wurde durch die Worte „Campen" beruhigt . raus" und „Sonntagnachmittag", die er hinter einem praktischen Grabstein auffing. Er war sich überhaupt nicht bewusst, dass die Szene, die er verlassen hatte, für seine Familie weitaus bedrohlicher war als selbst der entwürdigendste Kampf aus dem vielfältigen Repertoire seines kriegerischen Sohnes. Aber so war es. Mit Ansprachen, Versprechungen, Verspottungen und Drohungen führte Edgar sie schließlich gebändigt in eine der zufriedenstellendsten Proben des Jahres.

Sie warteten bis Viertel vor elf am Sonntag, und schließlich marschierten die Männer allein ein, einigermaßen bei Bewusstsein und unwohl, gefolgt von einem rotgesichtigen, entschlossenen Pfarrer und einem verwirrten Geistlichen, der zu Besuch kam. Sie sangen „ *O glückliche Pilgerschar* ", aber die staunende Gemeinde bemerkte, dass sie selbst nicht glücklich aussahen. Es gab keine Musik außer den Hymnen, die, da sie in bekannte Nummern umgewandelt worden waren, von den Kirchenbänken lebhaft gesungen wurden und so die aufrichtige Bewunderung des besuchenden Geistlichen erregten.

„ Und hielt eine Rede, die noch viele Jahre lang die Annalen der Pfarrei zieren wird. "

„So einen gut ausgebildeten Gemeindegesang gibt es wirklich nur selten", bemerkte er hinterher zum Rektor und wunderte sich etwas über die knappe Antwort: „So etwas wird es sicher nie wieder geben."

Ohne Mrs. Ogden wäre es für den Kirchenchor schwierig gewesen. Mr. Fellowes flehte vergebens; vergebens verabschiedete die Damenhilfsvereinigung Beschlüsse; Der Rektor blieb standhaft. Erst als Mrs. Ogden in seinem Arbeitszimmer auf ihn zustürmte, ein gezüchtigter, immer noch besorgter Junge unter einem Arm, gefolgt von einem halben Dutzend Frauen, die in ähnlicher Weise ausgestattet waren, und eine Rede hielt, die viele Jahre lang die Annalen der Gemeinde zieren wird er gab nach, voller Respekt überzeugt.

Edgar hatte sein Waterloo kennengelernt und lebte sozusagen unter konsequenter militärischer Überwachung, mit einem Großteil seines Ansehens verloren, seinem Gehalt für einen Monat gekürzt und der Gewissheit, dass warmes Wetter naht, wenn es unmöglich sein wird, Kälte zu ertragen, und nichts als eine Vorladung zum unsichtbaren Chor konnte ihn von den Proben hier entbinden, um ihm die Zukunft allzu klar zu machen. Mit den Worten des Prozessionsteilnehmers:

„ Seine Zunge konnte nie müde werden

Mit dem Chor zu singen. "

Wenn Sie heute dem Abendgesang in St. Markus beiwohnen, werden Sie zweifellos von einer silbernen Stimme begeistert sein, die von einem Jungen mit violetten Augen und süßem Gesichtsausdruck zu stammen scheint.

„ Es ist eine gute Sache, dem Herrn zu danken! „Erklärt die Stimme melodisch, aber es ist zweifelhaft, ob ihr Besitzer in einer dankbaren Stimmung ist. Aller Wahrscheinlichkeit nach würde er es vorziehen, mit seinem Bruder Samuel zusammen zu sein, der derzeit triumphierend mit einem methodistischen Erweckungskünstler durch den Westen reist und sagt: „ *Wo ist mein wandernder Junge heute Abend?"* " an weinende Gemeinden für zehn Dollar pro Woche und seine Reisekosten. Und selbst dieser Erfolg macht Squealer unzufrieden; Viel lieber wäre er in der Position seines Vaters – erster Tenor im Denman Thompson Old Homestead Quartette – und würde „The Palms" hinter den Kulissen singen, wenn die Stereoptikon-Vision des reuigen Verschwenders das Publikum begeistert.

Es scheint, dass Ihr künstlerisches Temperament zur Unzufriedenheit verurteilt ist. Während Mrs. Ogden, die keine Melodie vertragen kann, mit der guten Wäschereiarbeit vollkommen zufrieden ist.

„ Vollkommen zufrieden mit der guten Wäschereiarbeit. "

DER KLEINE GOTT UND DICKY

"Wo gehst du hin?" sagte jemand, als er zur Gepäckablage schlich .

„ Er drehte sich um wie ein Hirsch im Zaum. ”

„Oh, raus", erwiderte er mit dem, was ein Varieté-Künstler eine gute Nachahmung einer Person nennen würde, die den Eindruck erwecken wollte, dass sie etwas, an das sie sich ganz genau erinnerte, untadelig vergessen hatte.

„Nun, pass auf, dass du nicht lange bleibst. Denken Sie daran, was es heute Nachmittag ist."

Er drehte sich um wie ein Hirsch im Zaum.

„ *Was* gibt es heute Nachmittag?" forderte er bösartig.

"Du weißt sehr gut."

„ *Was?* ”

„Sehen Sie zu, dass Sie hier sind, das ist alles. Du musst dich anziehen."

„Ich werde nicht noch einmal in diese alte Tanzschule gehen, und ich sage Ihnen, dass ich es nicht tun werde, und das werde ich auch nicht tun. Und das werde ich nicht!"

„Nun, Dick, fang nicht noch einmal damit an. Es ist so albern von dir. Du musst gehen."

"Warum?"

„Weil es das Richtige ist."

"Warum?"

„Weil du tanzen lernen musst."

"Warum?"

„Jeder nette Junge lernt."

"Warum?"

„Das reicht, Richard. Gehen Sie und finden Sie Ihre Pumpen. Stehen Sie jetzt sofort vom Boden auf, und wenn Sie den Morris-Stuhl zerkratzen, werde ich mit Ihrem Vater sprechen. Schämst du dich nicht? Stehen Sie sofort auf – Sie müssen damit rechnen, verletzt zu werden, wenn Sie daran ziehen. Komm, Richard! Jetzt hör auf zu weinen – ein toller Junge wie du! Es tut mir leid, dass ich deinen Ellbogen verletzt habe, aber du weißt ganz genau, dass du deswegen überhaupt nicht weinst. Mitkommen!"

Seine Schwester huschte mit einnehmendem *Déshabillé an der Tür vorbei* , ihr *Ziehharmonika* -Faltenrock sorgfältig vom Boden gehalten, ihr Haar in zwei glitzernden, blau geknoteten Zöpfen gebunden. Eine Spur von nach Rosen duftender Seife schwebte durch die Halle.

„Beeil dich, Dick, sonst kommen wir zu spät", rief sie freundlich zurück, sicher in dem Wissen, dass ihr niemand die Schuld geben konnte, wenn solche tugendhaften Akzente ihn noch mehr in den Wahnsinn treiben würden. Seine Wut rechtfertigte ihren Glauben.

„Oh, du hältst doch die Klappe!" er knurrte.

Sie wirkte sanftmütig und hörte für den Rest der Woche zu, wie er ihm den Nachtisch vorenthielt, mit einer Miene der Liebe für den Sünder und des Hasses auf die Sünde, die sogar ihre ältere Schwester täuschte, die sie anzog.

Ein verzweifelt geduldiger Monolog aus dem Nebenzimmer deutete auf den Verlauf der Ereignisse dort hin.

„Deine Krawatte liegt auf dem Bett. Nein, ich weiß nicht, wo das blaue ist – es spielt keine Rolle; das ist genauso gut. Ja ist es. Nein, das kannst du *nicht* . Du wirst einen tragen müssen. Weil niemand jemals ohne auskommt. Ich weiß nicht warum.

„Mancher Junge wäre dankbar und froh, Seidenstrümpfe zu haben. Unsinn – deine Beine sind warm genug. Ich glaube dir nicht. Nun, Richard, wie absolut lächerlich! Bei Strümpfen gibt es kein Links und Rechts. Sie haben keine Zeit, sich zu ändern. Schuhe sind etwas anderes. Dann beeilen Sie sich. Weil sie so gemacht sind, nehme ich an. Ich weiß nicht warum.

„Bürsten Sie es auf dieser Seite stärker – nein, Sie können nicht zum Friseur gehen . Du warst letzte Woche dort. Es sieht vollkommen gut aus. Ich schneide es? Ich weiß nicht, wie man Haare schneidet. Wie auch immer, wir haben jetzt keine Zeit. Es wird reichen müssen. Hör um Himmels willen auf mit deinem finsteren Blick, Dick. Hast du ein Taschentuch? Es macht keinen Unterschied, Sie müssen eines tragen. Sie *sollten* es nutzen wollen. Nun, das solltest du. Ja, das tun sie immer, egal ob sie erkältet sind oder nicht. Ich weiß nicht warum.

„Dein goldener Text! Die Idee! Nein, du kannst nicht. Das können Sie am Sonntag vor der Kirche lernen. Dies ist nicht die Zeit, Goldene Texte zu lernen. So ein Kind habe ich noch nie gesehen. Nehmen Sie nun Ihre Pumps und suchen Sie die Plüschtasche. Warum nicht? Bringen Sie sie bei Ruth in Ordnung. Dafür wurde die Tasche gemacht. Nun, wie willst du sie tragen? Ich habe noch nie etwas so Dummes gehört! Du wirst die Saiten verknoten . Es ist mir egal, ob sie Schlittschuhe auf diese Weise tragen – Schlittschuhe sind keine Hausschuhe. Du würdest sie verlieren. Also gut, beeilen Sie sich. Ich glaube, du würdest dich schämen, sie so um deinen Hals baumeln zu lassen. Weil die Leute sie nie *so* tragen. Ich weiß nicht warum.

„Jetzt, hier ist dein Mantel. Nun, ich kann nicht anders, Sie haben keine Zeit, nach ihnen zu suchen. Stecken Sie Ihre Hände in die Taschen – es ist nicht weit. Und pass auf, dass du nicht jedes Mal für Ruth rennst. „Du gibst dir keine Mühe mit ihr und drängst sie herum", sagt Miss Dorothy. Nimm noch ein kleines Mädchen. Ja, du musst. Ich werde mit deinem Vater sprechen, wenn du mir auf diese Weise antwortest, Richard. Männer tanzen nicht mit ihren Schwestern. Weil sie es nicht tun. Ich weiß nicht warum.“

Er knallte die Tür zu, bis die Piazza bebte, und schritt neben seiner empörten Schwester her, während die Pumpen laut auf seinen Schultern flatterten. Sie trottete zufrieden dahin, sie ging gern. Die Persönlichkeit, die in der Lage war, der Stunde, die vor ihnen lag, Freude zu bereiten, verblüffte sein Verständnis, und er warf ihr einen finsteren Blick zu, während er bei jedem Schritt seine Seidenstrümpfe aneinander rieb, um das seltsame, sanfte Gefühl zu genießen, das dadurch erzeugt wurde. Dadurch bekam er einen krummen Gang, der seine Schwester unbeschreiblich beunruhigte.

„Ich denke, du könntest aufhören. Alle schauen dich an! Bitte hör auf, Dick Pendleton; Du bist ein gemeines altes Ding. Ich glaube, Sie würden sich schämen, Ihre Hausschuhe so zu tragen. Wenn du an diese nasse Stelle springst und mich bespritzt, werde ich es Papa sagen — es *wird dich* trotzdem interessieren, wenn ich es ihm sage! Du bist genauso schlecht, wie du nur sein kannst. Ich werde heute nicht mit Ihnen sprechen!“

„ *Anmutig und pflichtbewusst zur Tanzschule gehen.* ”

Sie schürzte die Lippen und bewahrte ein entschlossenes Schweigen. Mit neuem Nachdruck rieb er seine Beine aneinander. Bekannte kamen ihnen entgegen und gingen vorbei, ohne sich von etwas anderem als dem süßen

Bild einer Schwester und eines Bruders und einer Plüschtasche bewusst zu sein, die zierlich und pflichtbewusst zur Tanzschule gingen; aber sein Herz war heiß angesichts der Ungerechtigkeit der Welt und des heuchlerischen Geschwätzes der Mädchen, und ihre Gedanken waren damit beschäftigt, ihn vor dem Familientribunal anzuklagen – sie hoffte, dass er ins Bett geschickt würde. Das Leben ist voller solch rosiger Täuschungen.

Er sprang über die Schwelle des langen Raumes und richtete seine Mütze auf den Kopf eines Jungen, den er kannte, der auf einem Fuß stand, um einen Pantoffel anzuziehen. Dies zerstörte das Gleichgewicht seines Freundes und es kam zu einem jubelnden Handgemenge. Das Leben nahm einen hoffnungsvolleren Aspekt an. Im anderen Ankleidezimmer war seine Schwester in eine flüsternde, kichernde, vielfarbige Menschenmenge geflattert; Sie summte und kicherte mit den anderen, rückte ihre Hausschuhe zurecht und breitete ihre Schleifen aus, während ihre Zöpfe vor Geselligkeit zitterten.

Ein schriller Pfiff rief sie in zwei dicht gedrängten Gruppen auf den polierten Boden.

Entgegen aller Hoffnung hatte er sich an den schönen Gedanken geklammert, dass Miss Dorothy krank sein würde, dass sie ihren Zug verpasst hatte – aber nein! Da war sie, mit ihren glänzenden, hochhackigen Pantoffeln, ihrem rosafarbenen Rock, der sich wie ein Fächer herausziehen ließ, und ihrer silbernen Pfeife an einer Kette. Die kleinen klickenden Kastagnetten, die so laut erklangen, waren zweifellos in ihrer Hand.

„Bereit, Kinder! Verteilen. Nimm deine Zeilen. Erster Platz. Jetzt!"

Der große Mann am Klavier, der immer so aussah, als wäre er im Halbschlaf, donnerte die ersten Takte des neuesten Walzers, und das Geschäft begann.

„ Eine Reihe Zehen erhob sich allmählich. "

Ihre Augen waren feierlich auf Miss Dorothys spitze Schuhe gerichtet. Sie schlüpften und rutschten, schlugen die Beine übereinander und wölbten ihre pummeligen Spanne; Die Jungen atmeten schwer über ihren glänzenden Kragen hinweg. Auf der rechten Seite der Halle streckten dreißig Hände ihre winzigen Röcke in einem verführerischen Winkel aus. Auf der linken Seite tappten gepflegte schwarze Beine fleißig durch mystische Entwicklungen.

Die Akkorde rollten langsamer, mit dramatischen Pausen dazwischen; Das scharfe Klicken der Kastagnetten hallte durch die Halle; Eine Reihe von Zehen hob sich allmählich in Richtung der Horizontalen, wirbelte mehr oder weniger gleichmäßig herum, kreuzte sich nach hinten, beugte sich tief, beugte sich und nahm mit einem Flattern der Röcke wieder die erste Position ein.

Ein Hauch lachender Bewunderung wehte um die Reihe der Mütter und Tanten.

„Ist das nicht zu schlau! Wie ein kleines Ballett! Sind sie jetzt nicht wirklich anmutig!"

„ *Eins* , zwei, drei! *Eins* , zwei, drei! Schieben, schieben, kreuzen; *eins* , zwei, drei!"

Es gibt diejenigen, die Freude an den ziellosen Feinheiten des Tanzes haben; Es ist sogar bekannt, dass Männer, die etwas auf sich hielten, freiwillig an Versammlungen teilnahmen, die dieser nervenaufreibenden Einstellungslosigkeit gewidmet waren. Unter ihnen werden Sie jedoch in den kommenden Jahren vergeblich nach Richard Carr Pendleton suchen.

„ *Eins* , zwei, drei! *Rückwärts* , zwei, drei!" Wenn Sie möchten, dass Ihre Absätze gestutzt werden, treten Sie unbeabsichtigt in die Domäne von Master Pendleton zurück. Egal wie rein Ihre Absichten sind, Sie werden das unvermeidliche Schicksal des Übertreters gegen die unveränderlichen Beschränkungen der Natur veranschaulichen; Du wirst schwer erwischt. Und es wird gerecht sein – er befolgt triumphierend die Regeln.

Die Pfeife schrillte.

„Bereit für den Two-Step, Kinder!"

Bei ihm entwickelte sich eine leichte Toleranz. Wenn Tanzen Pflicht ist, ist der Two-Step besser als alles andere. Es ist kein verführerischer Tanz, Ihr Two-Step; es erfordert kein Temperament. Jeder , der den festen Willen hat, die Zeit einzuhalten, und einen starken Arm hat, kann ein Mädchen sehr akzeptabel durch die Zeit ziehen. Es war Dickys Gewohnheit, sich auf die ihm am nächsten stehende farbige Gruppe zu stürzen, sich sozusagen eine Sabine zu schnappen und sich in den Tanz zu stürzen. Er hatte ein Auge auf Louise Hetherington geworfen, ein großes, rundliches Mädchen mit einem gewaltigen Zopf. Sie war eine Nummer zu groß für die Klasse, aber jeder tanzte gerne mit ihr, denn sie wusste wie, und führte ihre kleinen Partner mit großem Geschick. Aber sie war von dem sechsjährigen Harold geschnappt worden und führte ihn schon jetzt durch die Halle.

Dicky ging vorsichtig um die Reihe der Mütter und Tanten herum. Gott sei Dank schaute Miss Dorothy ihn nicht an! Sie schien Augen im Hinterkopf zu haben, diese Frau.

"Oh schau! Hast du jemals etwas so Süßes gesehen!" sagte jemand. Unwillkürlich drehte er sich um. Dort in einer Ecke führte ein kleines Mädchen ganz allein und ernst einen Tanz auf. Er starrte sie neugierig an. Zum ersten Mal, frei von jeder persönlichen Verbindung zu ihnen, entdeckte er, dass diese Anträge hübsch waren.

Sie war ätherisch schlank, hatte braune Augen, braunes Haar und braune Haut. Ein kleines flauschiges weißes Kleid breitete sich fächerförmig über ihren Knien aus; ihre Knöchel waren vogelähnlich. Der Fuß, auf dem sie stand, schien kaum auf dem Boden zu stehen; der andere, nach außen gerichtet, schwebte leicht – mal hier, mal dort. Ihr Blick war ernst, ihr Haar hing offen. Sie schwankte leicht; Eine kleine behandschuhte Hand streckte ihr den Rock entgegen, die andere markierte die Zeit. Ihr Auftritt war eine Apotheose des Two-Step: dass sich der metronomische Tanz unter ihrer Behandlung nicht wiedererkannt hätte.

Dicky bewunderte. Aber die Bewunderung seines Geschlechts ist für die Kunst, die es anzieht, bekanntermaßen tödlich. Er trat vor und verbeugte sich ruckartig, ergriff eine der Schlaufen ihrer Schärpe hinten, stampfte sanft einen Moment lang auf, um die Zeit zu ermitteln, und der Künstler versank in der Partnerin, die Pirouette wurde grob, um mit Ton zu sympathisieren.

„Aber machen sie es doch nicht gut! Sehen Sie diese kleinen Dinger in der Nähe der Tür!" Er fing auf, als sie vorbeigingen, und sein Herz schwoll vor Stolz an.

"Wie heißen Sie?" fragte er unvermittelt nach dem Tanz.

„ Thethelia “, lispelte sie und schüttelte ihr Haar über ihre Wange. Sie war sehr schüchtern.

„Meiner ist Richard Carr Pendleton. Mein Vater ist Anwalt. Welches ist deines?"

„Ich – ich weiß es nicht!" Sie schnappte nach Luft, offensichtlich überlegte sie, zu fliehen.

Er kicherte erfreut. Gab es jemals eine so fesselnde Idiotie? Sie wusste es nicht. Gut gut!

„Puh!" Er sagte großartig: „Ich schätze, du weißt es. Nicht wahr?"

Sie sah ihren Fächer hoffnungslos an und schüttelte den Kopf. Plötzlich dämmerte ein Licht in ihren großen Augen.

„Vielleicht weiß ich es", murmelte sie. „Ich schätze, ich weiß es. Er – er ist wirklich der Typ !"

„Ein wirklicher Staat? Das ist nichts – überhaupt nichts. Ein wirklicher Staat?" Er blickte sie richterlich stirnrunzelnd an. Ihre Lippe zitterte; sie drehte sich um und rannte weg.

„Hier, komm zurück!" rief er, aber sie war weg.

„Bereit für die Cotillion, Kinder!" und Miss Dorothy, ihre Arme voller langer, bunter Bänder, war auf ihm.

Aus dem Klavier erklang ein grollender Akkord, ein wilder Ansturm auf den Anfang der Zeile. Eine rosige Blondine mit großen, porzellanblauen Augen zerrte ihren protestierenden Partner im Matrosenanzug nach vorne und starrte das pummelige Pärchen hinter ihr triumphierend an. Sie starrten einander verzweifelt an – sie hatten von einem Vorrang geträumt – und plötzlich, als die Räuber weit voneinander entfernt standen und ihre Arme achtlos hoch schwangen, ging das pummelige Paar in die Hocke, schlüpfte zwischen sie und tauchte an der Spitze des Hauses auf Prozession!

Der Marsch begann. Dicky, verbunden mit einem Wildfang in weißer Ente, der den Marsch korrekt pfiff, während sie sich herumschwang, hatte sich einen Platz hinter seiner verstorbenen Partnerin erkämpft, und als sie auf die benachbarten Stühle kletterten, stieß er sie heftig an und flüsterte: „Das werde ich tun. " wähle dich!"

Sie lächelte schüchtern.

„In Ordnung", sagte sie.

Miss Dorothy kam mit den Gefälligkeiten auf sie zu. Ein heftiges Zischen und Fingerschnippen ertönte aus der Leitung. Sie zappelten auf ihren Stühlen. Miss Dorothy hielt drohend inne.

„Vielleicht sollten wir besser kein Cotillion haben", sagte sie streng. „Wenn ich noch ein Zischen höre …" Es herrschte Totenstille.

Dicky saß steif da und blickte an die Decke. Wie erwartet fiel ihm eine breite violette Wimpel in den Schoß. Er sprang auf den Boden, packte Cecelia am Rock, zerrte den Wildfang pflichtbewusst an der lila Leine und winkte dem nächsten Mädchen in der Reihe zu. Sie stellten sich zu dritt nebeneinander auf, und er fuhr sie in der inspirierenden Zwei-Stufen-Reihe quer durch den Raum, in einer Reihe mit zwei anderen, ähnlich ausgestatteten Fahrern. Auf dem Rückweg sahen sie sich drei Trupps herumtänzelnder kleiner Jungen gegenüber, deren Interpretation der hübschen Figur gefährlich realistisch war, und als sie sich in der Mitte trafen und sich mühsam anpassten, bildeten die Rosse ein ordentliches Paar, und die erröteten Kutscher mehr oder weniger in ihren langen Bändern verwickelt, vollendeten sie einen ultimativen Zweischritt.

„Jetzt wähle mich", befahl er, als sie sich auf die Stühle setzten. Wieder lächelte sie, wieder verdeckte sie ihre Wange mit ihren Haaren.

„In Ordnung", sagte sie noch einmal.

Vergebens machte Louise Hetherington ihm Zeichen; vergebens schnippte die rosige Blondine mit den Fingern – er war blind und taub. Er schlüpfte in das breite blaue Band, das sie ihm auf Armeslänge hinhielt, und galoppierte fröhlich vor ihr her, ihrer Sklavin für immer. Wie leichtfüßig schwebte sie hinter ihnen her! Nicht wie dieser Wildfang Frances, der sein Gespann anschnalzte, als wären es Pferde, und es beinahe umgerannt hätte; noch wie diese alberne, fette, gelblockige Gladys, die vor Lachen sprudelte und sich an den Satinzügeln festhielt, bis ihr Gespann fast umfiel. Cecelia schwamm wie Disteln in ihrem Kielwasser und streifte ihnen das Band mit der Wirkung eines Schaltanzes über den Kopf.

„Das reicht für heute", sagte Miss Dorothy, sammelte die Bänder ein, und sie stürmten in die Umkleidekabinen, wo sie zugeknöpft, aus der Zugluft gezogen und nach Hause gerollt wurden.

Sie wurde sorgfältig in eine wattierte Seidenjacke gehüllt und dann in einen Mutter-Hubbard-Umhang mit Kapuze gehüllt; Sie sah aus wie ein engelhafter Brownie. Dicky rannte auf sie zu, als eine Frau sie zu einem Coupé am Straßenrand führte, und zog am Band ihres Umhangs.

"Wo wohnst du? Sag mal, wo bist du?“ er forderte an.

Ihr Haar steckte unter der Kapuze, aber sie verbarg ihr Gesicht hinter der Frau.

„Ich – ich weiß nicht“, sagte sie leise. Die Frau lachte.

„Na ja, das tust du, Cissy“, tadelte sie. „Sagen Sie es ihm jetzt direkt.“

Sie steckte einen winzigen Finger in ihren Mund.

„Ich – ich schätze, ich lebe auf Chethnut Thtreet “, rief sie, als die Tür zuschlug und sie einschloss.

Seine Schwester bot ihm freundlicherweise die Hälfte der Plüschtasche zum Tragen an und eröffnete eine fortlaufende Kritik über den Nachmittag.

„Haben Sie jemals jemanden gesehen, der sich so verhalten hat, Frannie Leach? Sie ist furchtbar rau. Miss Dorothy hat zweimal mit ihr gesprochen – war das nicht schrecklich? Warum hast du die ganze Zeit mit Cissy Weston getanzt? Sie ist ein schreckliches Baby – eine ganz normale Angstkatze ! Wir Mädchen necken sie genauso leicht – magst du sie?“

„Sie ist die Schönste dort!“ er sagte.

Seine Schwester starrte ihn an.

„Warum, Dick Pendleton, das ist sie nicht! Sie ist so klein – sie ist nicht halb so hübsch wie Agnes oder – oder viele der Mädchen. Sie ist so ein Baby. Sie steckt den Finger in den Mund, wenn jemand etwas sagt. Wenn man sie eine einzige Frage stellt , reagiert sie wie folgt: ‚Ich weiß es nicht, ich weiß es nicht!‘“

Er lächelte verächtlich. Wusste er nicht, wie sie es tat? Hatte er nicht diesen bezaubernden Finger und diese bezaubernden Augen gesehen?

„Und sie kann nicht Klartext reden! Sie lispelt – wirklich!“

Himmel! War jemals ein Mädchen so dickköpfig wie seine Schwester? Köpfchen, technisches Wissen, Erfahrung mit der Welt, das hatte er bei ihr nie erwartet; Aber fehlten auch Wahrnehmungen, weibliche Intuitionen?

Armer, verblendeter Sex! Was soll dir die Emanzipation, was soll höhere Bildung nützen, wenn du noch nicht einmal erkennen kannst, welcher Zauber deine Brüder und Ehemänner verstrickt hat?

„Sie steckt ihren Finger in den Mund! Sie kann nicht Klartext reden!" Ach, meine Schwestern, es war Helens Finger, der über Troja fiel, und Diane de Poitiers stammelte!

Er hörte ruhig dem Bericht seiner Schwester über seine Verliebtheit und deren Grundlosigkeit zu .

„Na ja, sie ist ein nettes kleines Mädchen", sagte seine Tante lächelnd, „aber wirklich hübsch kann man sie nicht nennen. Ihre Augen haben etwas ziemlich Attraktives."

Auf diese Weise mag Mark Antonys Tante die Schlange des alten Nils selbst entlassen haben!

„Ich möchte", sagte er am nächsten Tag zu seiner Mutter, „sie besuchen."

„Nun, Sie können vielleicht morgen mit mir gehen, wenn ich Mrs. Weston besuche", stimmte sie zu.

"Was? Warum, natürlich nicht! Männer rufen keine Pumps an. Ihre besten Schuhe reichen aus. Bist du verrückt? Ein Strohhut im Februar! Du wirst deine Middy-Mütze tragen. Jetzt streite nicht darüber, Richard, sonst kannst du überhaupt nicht gehen."

Als er ihr gegenüber auf einem Sitzkissen saß und ihre Mütter sich am anderen Ende des Raumes unterhielten, schwand seine Selbstsicherheit. Es gab überhaupt nichts zu sagen, und er sagte es vielleicht angemessen, aber mit einem Gefühl zunehmender Verlegenheit. Sie versteckte sich hinter ihren Haaren und sie starrten einander unbehaglich an.

„ Sitzt ihr gegenüber auf einem Sitzkissen. "

„Und er hat sich noch nie dazu herabgelassen, etwas mit kleinen Mädchen zu tun zu haben, deshalb sind wir sehr beeindruckt."

Oh, warum gähnte das Sitzkissen nicht unter ihm und verschlang ihn! Ihn zu besprechen, als wäre er ein Möbelstück! Lach weg! Das Knistern der Dornen unter einem Topf ...

Vorgestern war er so leicht wie *ein Grandseigneur gewesen* , so tolerant bezaubert: Heute wünschte er, er wäre nicht gekommen. Warum sprach sie nicht? Wenn sie nur draußen wären; In einem Raum mit Bildern und Kissen ist ein Mann so im Nachteil.

„Wenn du zu mir nach Hause kommst, zeige ich dir das größte Rattenloch, das du je gesehen hast – es ist im Stall!" sagte er verzweifelt. Für ein Mädchen war das ein gutes Geschäft, aber sie war es wert.

"Oh! Oh!" sie atmete und ihre Augen weiteten sich.

„Vielleicht können Sie die Ratte sehen – sie kommt allerdings nicht oft heraus", fügte er ehrlich hinzu.

Sie schauderte und verdrehte heftig ihre Finger.

"NEIN! NEIN!" flüsterte sie empört . „Ich – ich hasse Ratten ! Ich habe von einem geträumt! Ich musste die Gath beleuchtet haben! Ach nein!"

Von dieser langen Rede erschrocken, blickte sie hartnäckig in ihren Schoß, obwohl er beharrlich versuchte, ihren Blick auf sich zu ziehen und zu lächeln.

Die Stimmen ihrer Mütter wurden lauter und leiser; sie plapperten bedeutungslos. Damen redeten und redeten: Sie taten nie etwas Nennenswertes, sie redeten nur.

Sie wollte ihn nicht ansehen: Am Ende seiner Weisheit spielte er seine höchste Karte aus. Wenn sie aus sterblichem Fleisch und Blut wäre, würde sie das interessieren.

"Schau hier! Wissen Sie, was Boston-Bullenwelpen sind? Tust du?"

Sie nickte energisch.

„Na, kennst du ihre Schwänze?"

Sie nickte unsicher.

„Weißt du, dass es nur kleine Baumstümpfe sind?"

„Oh, doch !" sie strahlte ihn an. „Mein Onkel Harry hat eine Bulldogge. Hith nannte ihn Eli. Er mag mich."

„Na, sehen Sie hier! Wissen Sie, wie sie ihre Schwänze kurz machen? *Ein Mann beißt sie ab!* Ein Kerl hat mir erzählt –"

"Oh! Oh! Oh!" Sie schauderte unter dem Kissen und eilte keuchend vor Entsetzen zu ihrer Mutter.

„Er sagt – er sagt –" ihr fehlten die Worte. Unterbrochenes Schluchzen von „Eli! Oh, Eli!" füllte den Salon. Er war benommen und verängstigt. Was passiert ist? Was hatte er getan? Er wurde schändlich aus dem Zimmer geschubst; Entschuldigungen übertönten ihr Schluchzen; Die Tür schloss sich hinter Dicky und seiner Mutter.

Wellen der Zurechtweisung rollten über seinen aufgewühlten Geist.

„Von allen schrecklichen Dingen, die man einem armen, nervösen kleinen Mädchen sagen kann! Ich bin zu beschämt. Richard, wie lernt man so schreckliche, schreckliche Dinge? Es ist nicht wahr."

„Aber, Mama, das *ist es* ! Das ist es wirklich. Wenn sie klein sind, beißt ein Mann sie ab. Peter hat es mir gesagt. Er senkt den Mund ganz nach unten –"

„Richard! Kein weiteres Wort! Du bist ekelhaft – absolut ekelhaft. Du beunruhigst mich sehr."

Er zog sich zum Kleiderständer im Seitenhof zurück – dort gab es keine Wacholderbüsche – und verfluchte seine Götter. Sie zum Weinen gebracht zu haben! Sie dachten, es sei ihm egal, aber oh, das war ihm egal! Es kam ihm vor, als hätte er einen kalten, grauen Stein gegessen, der ihm im Magen lastete. Die Katze schlich vorbei, aber er warf nichts nach ihr, und der Bernhardinerwelpe seines Nachbarn rollte fragend in die Hecke, blieb dort stecken und schlug hilflos umher, aber er sagte nichts, um ihn zu erschrecken . Er dachte an das Abendessen – sie hatten von Zimtschnecken und kleinen gelben Vanillepuddings gesprochen –, aber ohne den üblichen Nervenkitzel. Was die Sache war? Würde er krank werden? Es schien keine Lebensperspektive zu geben – eine Sache war so gut wie die andere. Mit dumpfer Zustimmung dachte er darüber nach, zu Bett zu gehen. Auch das und alles andere. Soweit es ihn interessierte, könnte es jetzt schon acht Uhr sein.

Nachts kam seine Mutter und setzte sich für einen Moment auf die Bettkante.

„Papa möchte nicht, dass es dir zu schlecht geht, Liebes", sagte sie. „Er weiß, dass du Cecelia nie solche Angst machen wolltest. Sie wissen, dass kleine Mädchen in mancher Hinsicht ganz anders sind als kleine Jungen. Dinge, die Ihnen – ähm – amüsant erscheinen, erscheinen ihnen sehr grausam. Möchtest du ihr morgen ein paar Blumen schicken und ihr eine kleine Nachricht schreiben und ihr sagen, wie leid es dir tut?"

Er konnte nicht sprechen, aber er ergriff die Hand seiner Mutter und küsste sie bis zu ihrer Spitzenrüsche. Der kalte, graue Stein schmolz von seinem Magen; wieder breitete sich die Zukunft rosig und vage vor ihm aus. In glücklichen Träumen erwies er einem süßen, schüchternen Gast die Ehre des Rattenlochs.

Am Morgen widmete er sich seinem Entschuldigungsschreiben; Seine Schwester zeichnete die Linien auf einem wunderschönen Blatt Papier mit einem geschwungenen goldenen „P" oben an, und er beugte sich seiner Aufgabe mit ausgestreckter Zunge und Linien zwischen seinen Augen nach. Bisher war seine Mutter seine einzige Korrespondentin gewesen. Er überreichte ihr den Zettel mit berechtigtem Stolz.

„Es ist ganz gut geschrieben", sagte er, „denn jedes Wort, das ich nicht kannte, habe ich Bess gefragt, und sie hat es mir gesagt."

Meine liebe Cecelia :

Ich werde dir ein paar Blumen schicken . Es tut mir leid, dass sie sie beißen, aber das tun sie. Ich hoffe, Sie haben das Gas nicht angezündet . Uns geht es allen gut und wir haben eine gute Zeit. Mit viel Liebe bin ich dein liebender Sohn.

RICHARD CARR PENDLETON.

„Bess hat die Perioden gemacht, aber ich habe mich an das große Ich selbst erinnert", fügte er entspannt hinzu. „Ist alles in Ordnung?"

Seine Mutter verließ abrupt das Zimmer, und da er annahm, dass es sich um eine ihrer vielen Besorgungen handelte, an die er sich plötzlich erinnerte, war er sich glücklicherweise nicht bewusst, dass irgendein Zusammenhang zwischen ihm und dem lauten Gelächter aus dem Arbeitszimmer seines Vaters bestand.

„So wie es ist, wohlgemerkt. Lizzie, so wie es ist!" sein Vater rief ihr nach, als sie wieder herauskam; und obwohl sie darauf beharrte, dass es zu absurd sei und dass etwas mit ihren Kindern nicht stimmte, war sie sich sicher, küsste sie ihn dennoch ohne besonderen Anlass und schwieg edel, als er sich eine abscheuliche violette Blüte mit fleckigen Blättern aussuchte. unterstützt durch den interessierten Floristen.

Sein Angebot war annehmbar, und wenn er bei der Erneuerung einer Bekanntschaft, die sich zu einer erfreulichen Intimität entwickeln sollte, aus bitterer Erfahrung lernte, dass mehr als ein Thema tabuisiert war, dass mehr als eine plötzliche Emotion keine Antwort auf Mitgefühl erwarten durfte, wie ging es ihm dann? um den Schwierigkeiten seiner Art zu entgehen? Dieser Kelch wurde von Anfang an für sie vorbereitet. Wenn die irdische Glückseligkeit makellos wäre, sollten wir uns dann überhaupt um den Himmel kümmern?

An diesem Tag traf sie ihn auf ihrem Spaziergang, und fast furchtlos lächelnd bot sie ihm einen Kameltier-Cracker an! Zwar wurde der offensichtlichste Vorsprung abgebissen, und dieser Vorgang ist das Beste an Tiercrackern; aber sie war ja erst sieben! Es ist kein Alter, in dem man den brillantesten Altruismus erwartet.

Als Gegenleistung schenkte er ihr einen lange gehegten Spazierstock aus poliertem Holz, der die Form eines Windhundkopfes hatte und Augen aus orangefarbenem Glas hatte. Sie schien es fast zu schätzen. Mehr als einmal hatte man ihm dafür eine weiße Maus angeboten.

Zwei lange Monate lang führte ihn der kleine Gott auf dem Primelweg. Der arme Kerl dachte, es sei die Hauptstraße; Er musste erst noch erfahren, dass es nur ein Nebenweg war. Aber der kleine Gott war noch nicht fertig mit ihm.

Ihr Bruder, zunächst ein uninteressanter Kerl, hatte sich mit zunehmender Bekanntschaft verbessert, und obwohl er sich über Dickys Hingabe an seine Schwester lustig machte – er hielt sie für ein tolles Baby –, betrachtete er ihn inzwischen als Freund. Eines Tages, Ende April, führte er Dick in eine verlassene Ecke des Geländes und erklärte sich für die Summe eines kleinen roten Kreisels und eines blauen Glasauges, das das beste Merkmal einer Puppe gewesen war, bereit, ihm ein Lied von ... zu singen so köstliche Schlechtigkeit, dass es heimlich gesungen werden musste. Er hatte es gerade selbst gelernt, und das Wissen darüber öffnete den Zugang zu einer Art Club, dessen Mitglieder durch die bösartigen Silben miteinander verbunden waren. Dicky war sich der Bedeutung angenehm nicht sicher, aber es enthielt Wörter, die der Brauch aus dem Familienkreis verbannt hatte. Sie sangen es ängstlich, mit vom Haus abgewandten Gesichtern und einem berauschenden Gefühl der Zerstreuung.

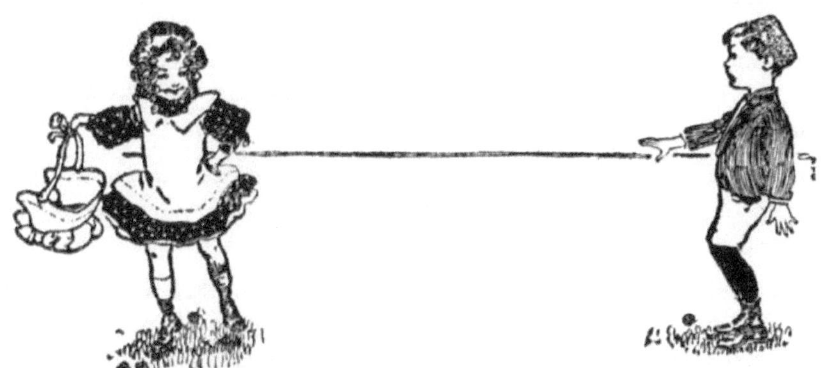

„„ Jelly Bauch, gelber Bauch. '"

„ Gelber Bauch, gelber Bauch, komm und geh schwimmen!

Ja, mein Gott, wenn die Flut kommt!"

Als er allein zum Haus zurückschlüpfte, es heimlich übte und die Freuden vorhersah, die es mit sich bringen würde, es Peter, dem Stallknecht, beizubringen, erschien plötzlich Cecelia hinter einem großen Baum. Sie lächelte – sie hatte keine Angst mehr vor ihm . Sie tanzte leicht auf einem Fuß, schwenkte ihre Haube und begann zu singen, wobei sie vor Lachen brodelte. Grusel! Was hat er gehört?

„ Jelly Belly, Yelly Belly, komm und nimm dir was davon !"

Yith , von——— "

"Oh hör auf! Cissy, hör auf! Das darfst du nicht singen!" er weinte wild.

Sie sah elfenhaft aus.

"Warum nicht? „Dicky hat das gemacht ", sagte sie mit einem glücklichen Lächeln.

Sie hatte seit ihrer Kindheit die himmlische Angewohnheit, sich in der dritten Person auf ihren Gesprächspartner und gelegentlich auf sich selbst zu beziehen.

„Aber Mädchen dürfen es nicht singen", warnte er sie streng. „Wagen Sie es nicht – es ist ein Geheimnis."

Sie tanzte weiter weg.

„Dicky, das ist es. Thithy Das ist es!" Sie beharrte darauf, und als er finster dreinschaute, schürzte sie erneut die Lippen.

„ Jelly Bauch, gelber Bauch –"

„Ich werde es nicht singen! Das werde ich nicht!" er weinte verzweifelt. „Das werde ich nicht, wenn du still bleibst! Also da! Ich sage dir, das werde ich nicht tun!"

Sie hielt inne, amüsiert über seine Emotionen. Ganz im Unwissen über sein Opfer, ganz ohne Rücksicht auf seine heldenhafte Verteidigung für sie, wusste sie nur, dass sie ihn auf eine ganz neue Art necken konnte.

Und der kleine Gott, der wusste, dass Dicky sein Wort halten würde und dass Peter nie die Chance bekommen würde, die empörte Bewunderung zu erfahren, die ihm einmal bevorstand, stolzierte stolz davon und polierte seine Ketten. Sein Opfer war in Sicherheit.

Als ihr Bruder die Fakten erfuhr, schlug er vor, ihr eine Ohrfeige zu geben – mein Gott! – und nichts mehr mit ihr zu tun zu haben, um ein gemeines, hinterhältiges Geschwätz zu erzählen. Hier bot sich die Gelegenheit, seine Fesseln zu sprengen. Aber für diejenigen, die dem kleinen Gott gedient haben, wird es keine Überraschung sein zu erfahren, dass er der versammelten Familie noch am selben Abend seinen berühmten Vorschlag machte, nämlich, dass er und Cecelia sich wirklich verloben sollten wie ihr Onkel Harry und Miss Merriam, und bald darauf wird sie heiraten und im Gästezimmer für den Haushalt sorgen.

„Das wird Miss Merriam tun", erklärte er, „und Cissys Oma tut es auch leid; Es bleibt ihr kein Platz für Gesellschaft außer dem Schlafzimmer im Flur. Aber sie müssen den Raum haben, meint sie .

„Das reicht, Richard! Sie dürfen nicht alles wiederholen, was Sie hören. Und ich fürchte, ich brauche das Gästezimmer. Was sollen wir tun, wenn Tante Nannie kommt?"

„Oh, Cissy könnte ihr Kinderbett direkt im Zimmer haben. „Sie hätte nichts gegen Tante Nanny", antwortete er großartig. „Sie schläft immer in einem Kinderbett, und das wird sie auch immer tun. Ein Bett macht ihr Angst – sie hat Angst, herauszufallen. Ich könnte auf der Couch schlafen, wie zur Weihnachtszeit!"

Doch wie es überall auf der Welt üblich war, drängten sie ihn lediglich zum Warten. Es war genügend Zeit vorhanden. Zeit! und sie könnte mit ihnen im Haus wohnen!

Es war noch in dieser Nacht, als er den Höhepunkt der Welle erreichte und die Wahl des Kleinen Gottes rechtfertigte.

Verzückt und ruhig kam er zum Frühstück herunter. Er hat seine Haferflocken versehentlich gesalzen und den Unterschied nie gemerkt. Seine Schwester lachte spöttisch und erklärte ihm seine Torheit, als er den letzten Löffel schluckte, aber er lächelte sie nur freundlich an. Nach seinem Ei sprach er.

„Ich habe geträumt, dass es eine Tanzschule war. Und ich ging. Und ich war der einzige Kerl dort. Und was denkst du? *Alle kleinen Mädchen waren Cecelia!* "

Sie schnappten nach Luft.

„Du glaubst nicht, dass er ein Dichter wird, oder, Ritch?" Oder ein Genie oder so?" fragte seine Mutter besorgt.

„Herr, nein!" sein Vater kehrte zurück. „Ich würde sagen, dass er eher ein Mormone war!"

Von beiden Klassen wusste Dick nichts. Aber der kleine Gott wusste sehr gut, was er war, und machte in diesem Moment sein Diplom aus.

Das Ende